脚本　大石 静
ノベライズ　髙橋和昭

大恋愛
～僕を忘れる君と
（上）

扶桑社文庫
0686

本書はドラマ『大恋愛～僕を忘れる君と』のシナリオをもとに小説化したものです。小説化にあたり、内容には若干の変更と創作が加えられておりますことをご了承ください。

なお、若年性アルツハイマー病の症状や進行のスピードは多種多様です。物語は医療監修をうけて制作されたフィクションであり、実在の人物・団体とは無関係です。

間宮真司《まみやしんじ》にいつもの朝が訪れた。

当たり前の話だが、部屋は昨夜と何も変わっていない。目に入るのは、日当たりのあまり良くない築25年のアパート。六畳一間に小さなキッチン。家具はベッドの他は、座卓ぐらいである。

彼も多少は抵抗しているものの、部屋はカビとホコリの勢力が優勢だ。目覚めたベッドは、ひと月以上シーツを替えていない。この部屋の朝は、いつだって雨の月曜日みたいな気分にさせてくれる。ちなみに今日は金曜日。雨は降っていない。

真司は冷蔵庫から黒酢はちみつドリンクを取り出し、朝食代わりに飲み始めた。そろそろ仕事に行く時間だ。

彼の職業はいわゆるフリーター。派遣社員だらけの今のご時世、バイトで食いつないでる人間など珍しくもないが、40ともなると、そうお気楽には聞こえない。いわゆる負け組。身寄りがないので、怪我か病気でもして働けなくなれば、即、ホームレス。良くて生活保護だろうか。

真司の今のバイト先は引っ越し業者だ。トラックで家具や家電を搬出・搬入し、客の注文があれば、荷物の梱包や荷ほどき、収納もやる。

彼の勤め先での評判は悪くない。遅刻や無断欠勤はないし、仕事ぶりも真面目だ。もう4年も続けているので、先の作業を見越して気が利いたこともやれる。けっこう重宝されているみたいだ。

それに彼は、周囲とうまくやるのが割と得意だった。職場ではたぶん〝気のいい真司〟あるいは〝陽気な間宮さん〟で通っている。これは彼の生い立ちに少し関係がある。

――捨て子で施設育ち

絵に描いたような言い回しだが、本当の話だ。そんなわけで物心ついた時から、真司にはどこに行ってもアウェーだった。うっかり相手を信頼して、手のひらを返されることも珍しくなかった。

自然と周りの顔色を確認するクセがついた。しかし空気を読んでばかりいてもウソくさいし、軽く見られる。一度なめられると生きづらいことは身にしみていた。当たり障りのないところで自己主張をして、軽く存在感を示しておくのがコツだと会得した。

そんな〝調子のいい真司〟だが、屈託だらけの心の奥底を、時おり誰かに見透かされている気もする。もっともあと5年もすれば、どこから見ても陰気な中年男になっているのだろう。

引っ越しのバイトをしながら、何も起こらない毎日を過ごしているが、昔は真司にも目標と呼べるものがあった。

彼は10代後半ぐらいから作家を目指していた。組織に縛られることなく一人でできて、ワープロ以外に元手もいらない。その先に自由を感じていたのかもしれない。

実際、ある文学賞を受賞し、二十歳そこそこで派手なデビューを飾った。賞金は百万円。ただし源泉徴収されて手取りは90万くらいだったが。

取材をいくつも受けたし、高そうな店で接待もされた。彼の周りには、笑顔の人間ばかりが集まった。顔も覚えてない同級生から電話が来た。生まれて初めて世の中に一目置かれた気がした。

受賞した『砂にまみれたアンジェリカ』は、私小説だっだ。主人公は女の子にしてあるが、自分の生い立ちをふくらませて、一気に書き上げたものだ。予想外の反響だったが、それを鵜呑みにせず、彼は考えた。いや、考えてしまった。

私小説では、すぐにネタが尽きる。そこで第2作はミステリーでいくことにした。うまくシリーズ化できれば、いちいちキャラを設定しなくても済む。細く長く印税で稼ぐのも悪くない。今思えば、浅はかな考えだった。担当編集者は難色を示したが、調子に乗っていた真司は、それを強引に押し切った。

しかしミステリーは甘くない。当然これが大ゴケ。文学界の新星とまで持ち上げたメディアは、梯子を外すように駄作とこきおろした。もっとも彼は、そういうのは小さい頃から慣れていたが。

担当編集者の「初心に帰って、再び純文学路線で」との助言に従い、それから文芸誌に3本ほど短編を書いた。今度は特にけなされはしなかったが、反響もなかった。この世界、酷評より質《たち》が悪いものがあることを知った。無視だ。

半年もしないうちに、真司の電話は鳴らなくなった。しばらくすると担当編集者からの連絡も途絶えた。最後に彼が小説を書いてから、20年近くが経っている。彼の担当など、もはやいないだろう。

今もたまにワープロを立ち上げてみるが、何も書くことはない気がする。

ストローがズズッと音を立て、黒酢はちみつドリンクが飲み干された。さあ今日も仕事だと、気だるく立ち上がる。

そんな間宮真司の前に現れたのが、北澤尚《きたざわなお》だった。

「ＫＩＴＡレディースクリニック」は、代官山の駅からほど近い場所にある。かつては、共に産婦人科医である夫婦が営む産院だった。しかし夫の死後、残された妻は婦人科の専門医院に衣替えした。

これが当たった。診療のメインは更年期治療。院長の北澤薫《かおる》のわかりやすく丁寧な説明や人柄、さらに的確な治療で患者からの評判は高い。ネットでの口コミがものをいうのか、予約が取りづらいほどの人気だ。５年前にはクリニックを、上の階が自宅になっている４階建てのビルに建て替えた。

更年期治療は漢方薬や軽い精神安定剤を用いる場合もあるが、ＫＩＴＡレディースクリニックでは、積極的にホルモン補充療法（ＨＲＴ）を行っている。女性ホルモンが低下しているのだから、外から足せばいいというストレートな治療法だ。

ＨＲＴは個人差があるものの、患者によっては劇的に効くことがある。そのドラスティックさが口コミの起爆剤になっているのかもしれない。今日もクリニックを、中高年女性たちが次々と訪れる。

●

●

●

●

「今回も貼るタイプの女性ホルモンにしましょうね」

院長の薫が、患者の黒田《くろだ》あやに投薬の確認をした。

「ええ、飲み薬より抵抗なくていいです。だけど、ホルモン補充療法ってやめるタイミングが難しいわね。一生続けるってわけにもいかないし」


「黒田様、こんにちは」

診察を終えて受付にやって来た黒田に、北澤尚が声をかけた。

尚は院長の薫の一人娘で、今年34歳。以前は大学病院で産婦人科医として働いていたが、今はこのクリニックで、母とともに診察を行っている。

シャープな体に生気にあふれたよく動く目。明るくさっぱりとした語り口を好ましく思うのか、最近では口コミを聞きつけて、あえて尚を指名してくる患者もいる。

「院長先生にうかがったわよ、ご結婚なんですって？」

黒田あやが、少しトーンを落として尚に話しかけた。

「院長、何でもしゃべるんで、すみません」

また面倒なことをと、尚は辟易《へきえき》した。母はずいぶんと浮かれているらしい。

「理想的なお婿さんらしいじゃない、おめでとうございます」

「ありがとうございます」

「月曜日に、うちのスタッフに、お祝いのケーキを届けさせます」

やっぱりこうなる。

「そんな、どうぞお気遣いなく」

「それじゃ」

遠慮は意に介されなかった。

「お大事に」

受付の沢田柚香《さわだゆずか》と石田《いしだ》ミルが黒田を見送った。

「ヤッター、ドルチェ・ド・クロダのケーキ！」

ドアが閉まって間もないうちに、若いミルが声を上げる。そして小さくガッツポーズ。

「声が大きいです」

柚香がたしなめるが、ミルがかまわず続ける。

「尚先生、披露宴には、先生の大学病院時代の同僚、いっぱい来ますよね」

「そりゃ、来るわよ」

「その中に、先生の元彼がいて、ウエディングドレス姿の先生を略奪していくとかあったら、最高なんですけど」

ミルが勝手な妄想を始めている。

「尚先生は、そういうドラマチックなことは嫌いなの」

今度は柚香がピシリと制した。

「じゃあ、わたしは今日はこれであがるわね」

尚は苦笑しながらクリニックを出ていった。


受付の二人の話はまだ続いていた。

「何でも物事は収まるべきところにきちんと収まってないとけないって考え方だから、尚先生の人生に予想外のことは起きません」

柚香のあまりの断言口調に、ミルは早々と降参した。

「ホントよくわかってんですね、沢田さん」

「小学校から高校まで、なぜかずーっとクラスも一緒だったから、お互いのことは、親よりわかってると思う」

「何かコワイ関係ですね」

沢田柚香がこのクリニックに勤めるようになったのは、尚の計らいだった。離婚して小さな子供を抱え、途方に暮れていた柚香に手を差し伸べたのだった。

北澤尚にドラマは起こらない。幼馴染みの柚香には自明のことだった。

外出した尚が急ぎ向かったのは、婚約者の井原侑市《いはらゆういち》の母、千賀子《ちかこ》が経営するウエディングサロンだった。彼女がデザインしたウエディングドレスができ上がったので、試着にやって来たのだ。

尚は鏡にドレス姿を映した。

肩と背中を大胆に出し、シルクがしなやかに尚のスリムな体を包み込んでいる。上品かつミニマルゆえに、布地の上質さが傍目《はため》にもわかる。

「ステキ！　お似合いですわ」

そばにいるアシスタントが、興奮気味に言う。

「こういうシンプルなデザイン、日本人には似合わないんだけど、尚ちゃんは背も高いし、余分なお肉がないから、キマるわね。こんな風に着こなしてもらえると、デザイナー冥利につきるわ」

千賀子は自分の嫁になる尚の艶やかさが、誇らしくてたまらない。

「わたしもうれしいです。こんなステキなドレスを作っていただいて」

「本当は英国王室の花嫁みたいに、長いベールでゴージャスにしたかったのよ。でも、大仰なのはイヤだって言うから」

「十分、ゴージャスです、これでも……」

尚は満足そうに鏡を眺めた。

「侑ちゃんに、写真送りましょう。あなた、スマホ出して」

「あ、はい」

千賀子は尚のスマホで写真を撮ると、ワシントンにいる侑市に送らせた。

すぐに返信は来た。

「侑ちゃん、何ですって？」

「ウエディングドレスは当日までは見たくなかったそうです」

尚はバツが悪そうにスマホを千賀子に見せた。

「きれいだよとか、愛してるよとか言えないのかしら。つまんない男に育てちゃって、ごめんなさいね」

「甘ったるいこと言う人、わたし、好きじゃないので」

「あら、ご馳走様！」

美しい6月の花嫁の誕生まで、あとひと月。

ドラマは起こらない。起こるとすれば、祝福と笑顔に包まれた予定調和のドラマのはずだった。

●　●　●　●

尚が家に帰ると、新居への引っ越しが始まった。尚は母と二人で、クリニックのビルの上階にある、自宅に住んでいる。

ひとまず今日は梱包までで、明日の土曜、婚約者である井原侑市のマンションに荷物を運び込む。挙式までは家にいるものの、その前に大まかな荷物は移しておくことにしたのだ。

精神科の医師である井原侑市は、現在ワシントン中央医科大学で研究活動をしており、間もなく帰国する。帰国後は母校の堂明《どうめい》大学医学部の准教授になることが決まっていた。

「梱包は終わりましたので、本日の作業は終了しました。こちらにサインをお願いいいたします」

引っ越し業者である木村明男《きむらあきお》が書類を差し出した。

「すみません、何から何まで丸投げで。はい、ご苦労様でした。明日もよろしくお願いします」

「何だか寂しくなるわね」

引っ越し業者と入れ替わりに母の薫が入ってきた。ガランとした部屋に無造作に段ボール箱が積み上がっている。

「結婚しろ結婚しろって言ってたくせに、何、今さら言ってんのよ」

「そうだけど……パパが亡くなってから、ずっと二人で生きてきたんだもの……」

湿っぽくなりそうなので尚は話題を変えた。

「結婚するってホント大変ね。もはや気持ちより段取りって感じ」

「でも結婚式当日は楽しいわよ、みんなあなたたちを祝福するために集まってきてくれるんだもの」

「あ、そうだ、患者さんにわたしのこと言わないで。お祝いをもらったら、お返しもしないとならないし、面倒でしょ」

「ケチなことを言うのはよしなさいよ」

結婚直前だというのに、娘のテンションの低さに薫は鼻白む。

「だってわたし、侑市さんに指輪もいらないって言ったんだから」

「え～！」

「どうせ仕事の時は指輪しないし、その都度外して、なくしたりしたら困るもん」

「夢がないわねえ」


薫が出ていくと、尚はこのまま家に置いていく、自分のベッドに体を投げ出した。

薫ではないが、部屋に置かれた段ボール箱を見ていると、「ああ、結婚するんだな」と不思議な気持ちになる。

彼女は昔から、結婚に過分な期待は寄せていなかった。医者の両親のもとに生まれ、小さい時から自分も医者になるものだと思っていたように、結婚はいつかするもの。そんな風に考えていた。

大学病院での産婦人科医の経験からか、子供は産みたかった。新しい命の誕生と、それを祝福する家族。彼らの幸福感を素直に受け止めていたのだ。

寝返りを打ち、井原侑市のことを考える。

それは不思議なほどスムーズな流れだった。まだ3カ月の短いつき合いではあるものの、彼とはケンカどころか、口論になったこともない。何と言うか、しっくりくる関係なのだ。結婚は、そこが大事だと思っていた。

尚は侑市との出会いを思い返した。


3カ月前の2013年2月。東京。美術館の入り口に立っている男性に、尚は自分から声をかけた。

「井原先生ですか」

「はい、井原侑市です。北澤尚さんですね」

「はじめまして」

こうして尚と井原侑市は見合いで出会った。

長身に広い肩幅と厚い胸板。しかし優しそうな目元とスマートな物腰が、男臭さを和らげていた。そしてエグゼクティブらしい、オーソドックスなデザインだが仕立ての良いスーツ。いかにもエリートという風情だが、育ちの良さなのかそれを鼻にかける気配はない。自然体なそれだった。

父親は建築家。母親は有名なウエディングドレス・デザイナーで、都内にショップも構えているらしい。尚は軽く事前情報を反すうした。

美術館での見合いは悪くないな、と尚は思った。いきなりテーブルで顔を見つめ合う気まずさがない。絵を見ながら、時おり視線を交わす。

「これ、北澤先生に似てますね」

女性の肖像画を見ながら侑市が言う。

「え！　こんなに色っぽいです？　わたし……」

「知的な目と、妖艶な口元のミスマッチが似ています」

思わず尚は口元を隠した。

「隠さないでください。もったいないです」

今度は手の置き場に困ったが、侑市の茶目っ気を好ましく思った。

引き続き絵を見ている二人だが、だんだん絵よりも話に重心が移ってくる。

「先生はワシントンに、恋人はいらっしゃらないんですか？」

侑市は絵から視線をそらさずに答える。

「いません」

「恋愛経験は？」

「入れ込んだことはないです」

何だか自分に似てるなと、尚は思った。


二人は美術館に併設されたティールームに場所を移した。今度は正面から相対する。

「わたしは実家が産婦人科を開業していましたので、普通に産婦人科医を目指しましたが、先生はなぜ精神科を専攻されたんですか？」

侑市は答える前にコーヒーを口にし、ひと呼吸おいた。

「最初は医者になる以上、メスを握りたいと思っていました。でも、切ったりはったりが苦手で、医学部の解剖実習の初日にショックで失神したんですよ」

「失神ですか！」

確かに、血に弱い男性は意外と多い。尚も医学部時代、似たような男子学生を知っていた。

「外科の実習でも、怒鳴られない日はなかったです。これは向いてないなと思って、それで精神科を選びました」

（案外、このエリートはデリケートみたいだ）


「では、今のメインテーマは？」

「若年性のアルツハイマー病です」

「アミロイドβの生成を抑制することはできるようになるんでしょうか」

専門外だが、医師である尚は、研究の概略ぐらいは知っていた。

「iPSセルとトランスジェニックマウスのレベルでは十分なんですけど、いざクリニカルトライアルだと、フェーズスリーでドロップアウトしてしまうんです」

「マウスでは成功しても……、やっぱりヒトって特別なんですね」

「アルツハイマーは、すべての人にとって今そこにある危機ですから、やらなければなりません」

「尊い研究ですね」

尚は本心から讃えた。

「あなたの仕事も尊いでしょう？」

互いの仕事へのリスペクト……悪くない、と尚は思った。

食事を終えて、二人は帰途についた。ＫＩＴＡレディースクリニックに着くと、侑市はタクシーを待たせ、尚とともにいったん車を降りた。

「立派なクリニックですね」

ビルを見上げて侑市が言う。

「今日はありがとうございました」

すると侑市が、尚をまっすぐに見つめて言った。

「もし、僕のこと、お気に召さなかったら、すぐ断ってください」

「え……」

「もうすぐ40ですから、引き延ばされるのは困るんです。母としての知性のある人で、健康な子供を産める人と、早めに結婚したいので」

侑市のいささか正直すぎる言葉に、尚はたまらず苦笑した。

「わたしも、先生と同じような気持ちです」

「何かおかしいですか？」と侑市は首を傾げた。

「わたしたち、似てるなって思って」

「なるほど」

「わたしも、恋愛経験はないわけじゃないですけど、入れ込んだことはないです」

侑市にも笑みが浮かんだ。

「もしよかったら、来月、ワシントンに来ませんか？」

いきなりの海外への誘いに返答を迷っていると、

「ワシントンの桜はきれいですよ、日本とは違う趣で」

尚はちょっと考えてから「1泊3日なら行かれるかもしれません」と答えた。

「待っています」

そう言うと侑市は、再びタクシーに乗り込み、去っていった。


この見合いで二人は意気投合した。まるで探していたパズルのピースが、ピタリとはまったように。


ひと月少し後の4月、尚は桜の咲き誇るワシントンにいた。

桜並木を二人で歩き、侑市の研究室にも足を運んだ。

ひと息つこうと公園のベンチに座ってコーヒーを飲んでいると、尚がバッグから検査データの紙を差し出した。

「はいこれ、わたしの血液検査のデータです。気になるような数値はありませんよ」

すると侑市もポケットから折りたたんだ紙を出した。

「実は僕も用意しておきました」

「……！」

「似てますかね、やはり」

尚は少し困ったように頷いた。

その夜、侑市のワシントンのアパートで、二人は結ばれた。

事が終わった後、やや放心状態の侑市が隣の尚に言う。

「これですべてクリアーだね」

「はい」

尚は侑市の肩に頬を寄せながら頷いた。

（クリアーか……）

この男らしい言い方だと思った。でも、自分もクリアーだ。いくら気が合っても、検査データに問題がなくても、体の相性抜きには一緒に暮らせない。

侑市が尚を引き寄せキスを求めてきた。尚は素直に応じるだけでなく、侑市の背中から腰へと手を這わせ、その反応を確かめた。

彼女には、この男と結婚しない理由が見つからなかった。

そして、二人は正式に婚約した。


まだワシントンにいる侑市からのSNS電話で、尚は我に返った。

「どうしたの？　こんな時間に」

「今、研究室から戻ったんだ」

「お疲れ様」

あの夜のことを思い出していた尚は、少しドギマギしたが、何とかのみ込んだ。

「仕事中だと思ったんだけど……」

「ううん、大丈夫、今、引っ越し屋さんが帰ったとこ。明日、侑市さんのマンションに、わたしの荷物もお引っ越し」

「何もかも尚に任せっぱなしで、ごめんな」

「どうしたの？　侑市さんっぽくない」

「そうかな？」

侑市らしくない、特に用のない電話のようだ。少し新鮮で尚には微笑ましかった。

「侑市さんは、日本に送る荷物、たくさんある？」

「何もないよ、こっちのアパートは家具付き食器付きだし、着替えとパソコンくらい。トランクひとつで終わりだな」

「5年もいたのに？」

「つまんない男だろ？」

「そんなこと思ってないくせに」

「……尚が思ってるより、僕はずっと幸せだよ」

「やっぱり似てるわね、わたしたち」

まるで絵に描いたようなラブラブカップルみたいで気恥ずかしかったが、結婚前というのは誰もがそんなものかもしれない。そう尚は納得した。

引っ越しのバイト、間宮真司の今日の現場は高輪のマンション。何でも新婚さんらしい。チーフの木村に真司、それに若い小川翔太《おがわしょうた》が中心に作業を進めている。

新郎が元から住んでいるマンションに新婦の荷物だけを運び込み、大方の荷ほどきをする。割と楽な現場である。


「デスクは、寝室でよろしいですか」

木村が尚に確認する。

「いえ、デスクはこっち」

「デスクはリビング！」

木村が廊下にいる真司と小川に叫ぶと、二人が重いデスクを運び込んできた。壁や床に傷がつかないように、毛布で丁寧に養生しながら、手際よくリビングに入れる。

「ここにお願いします。それ重いでしょ。電動で高さが変わるデスクなの。論文書く時、立って書くから」

「立って書くんですか……」

木村の口は少し開いたままだ。

「立って書く」

小川が繰り返す。

「ええ、そうなんです。そっちの方がラクなんですよ」

真司はこのやり取りにはつき合わない。小川を促して、デスクを指示された場所に収めた。


家具の収納が終わると、運び込んだ段ボール箱を開梱し、収納にかかる。今日の客はここまでをご所望だ。真司が書籍の段ボール箱を開き、寝室の本棚に並べていく。

その中に『砂にまみれたアンジェリカ』があった。〝玲瓏《れいろう》文藝賞受賞作、文壇に躍り出た二十一歳〟という帯がついている。

(こんなところにいたのかよ)

真司は生き別れた兄弟にでも会った気がした。

しかし、彼の手が止まったのは一瞬だった。すぐに本棚に入れる。すると尚が声をかけた。

「あ、その書籍の入っている段ボールは、そのままにしておいてほしいんです。自分で整理しますから」

「あ、これ？」

『砂にまみれたアンジェリカ』の読者らしい尚を、真司は初めてまじまじと見た。華奢で利発そうな女だと思った。

「すみません、早く言えばよかったのに」

「わかりました」

何事もなかったように本棚から段ボール箱に本を戻した。


引っ越しはほどなく終わり、木村が尚に作業終了のサインを書類にもらう。

「ご自分で整理する書籍の段ボールは、明後日の月曜日、夜7時に取りに来ますので」

「わかりました。ホントにお世話になりました」

「こちらこそ、ありがとうございました。これ、アンケートなんですけど、ご記入いただいて、ポストしていただけたら……」

「わかりました」

「失礼します」

木村は一礼すると部屋を出ていった。

真司はキッチンに居残り、ポケットから取り出した黒酢はちみつドリンクを飲んでいた。何となくひと息つきたくなったのだ。そこに尚が入ってきた。

「……？」

尚はまだ引っ越し業者がいることにも驚いたが、真司が手にしている黒酢はちみつドリンクに目が留まる。

「……何ですか？」

「それ……！」

キッチンの片隅に、同じ黒酢はちみつドリンクがケース入りで積んである。尚の視線がそれと真司の手元を往復している。

真司は状況を察知した。

「これ、俺の黒酢はちみつですけど……盗んだと思いました？」

「思ってません！」

尚が慌てて否定する。

「ども」

真司はプイと部屋を出ていった。

マンションの外に出ると、トラックの前で木村が真司を待っていた。黒酢はちみつドリンクを手に、先ほどの顛末を話す。

「だから飲み食いは外でしろって、言ってんだろ」

「すみません、何で飲んじゃったのかな、あそこで……」

運転席に座る小川の隣に真司が乗り込み、木村もニヤリと笑いながら続く。

帰途の車中で真司が黙っていると、隣から木村が声をかけた。

「もう恋は始まっている」

「女の客だと、必ずそれ言うの、やめてくれませんか」

「運命的出会いというものは、意外とさりげないもんだからよ」

木村はいつものように自信たっぷりに言い放つ。

「それ、何十回も聞いてますけど」

真司は、チーフの木村はちょっと変わった男だと思っている。仕事はできるのだが、特に出世には興味がないようだ。毎日、やるべきことをきちんとやる。それが仕事に対する木村の信条らしい。

何か達観してる風情があって、真面目だが、どこか遠くを見つめている感じ。それに時おり、格言めいた言葉で周りを煙に巻く。

真司はたまに思う。木村には、自分の奥底を見透かされているんじゃないかと。


一人になった尚は、本を寝室の本棚に並べていた。その中にある『砂にまみれたアンジェリカ』。つい手に取り、眺めてしまう。

尚は声に出して本を読み始めた。

「空に向かって突っ立っている煙突みたいに、図太く、まっすぐに、この男が好きだとアンジェリカは思った」

本には21歳の作者の写真が載っていたが、今の真司とは別人にしか見えない。

これが真司と尚の出会いだった。

尚が侑市のマンションでまだ『砂にまみれたアンジェリカ』を読んでいると、インターホンが鳴った。

「宅配便です。荷物のお届けに参りました」

玄関口に出ると、宅配業者が、黒酢はちみつドリンクの24本入りケースを抱えていた。受け取りのサインをしながらも、腑に落ちない。

（いつ頼んだっけ？）

キッチンにもう一箱、段ボール箱が積み上がった。


荷物の整理を終え、尚は侑市のマンションから自宅に戻った。

「ただいま」

玄関でふと見ると、ここにも24本入りの黒酢はちみつドリンクがある。

「……！」

薫が奥から出てきた。

「お帰りなさい。疲れたでしょ」

「ちょっとね……」

薫が玄関の箱を指差す。

「それ冷蔵庫にいっぱいあるけど、また届いたわよ。買いだめしすぎじゃないの？」

「……そうよね。ここは邪魔だから、私の部屋に持ってくね」

動揺しながらも、尚は黒酢はちみつドリンクの箱を抱えて自分の部屋に入った。しかし、部屋のキャビネットの上にも一箱……。

心のざわつきは、しばらく収まらなかった。


週が明けて月曜日のＫＩＴＡレディースクリニック。尚が診察室から出てくると、受付のミルがうれしそうに声をかけた。

「来ましたよ、黒田あや様からのお祝いのケーキ」

「……黒田あや様？　誰？」

キョトンとしている尚を、ミルが不思議そうに見ている。

柚香が話を引き取る。

「黒田あや様ですよ、患者さんの。金曜日にも見えたじゃないですか」

「お祝いにケーキ送るわよっておっしゃってましたよ」とミルが念を押す。

「あ〜……、じゃ、みんなでいただきましょう。昼休憩だから院長も呼んで」

とっさにその場を取り繕ったが、尚は診察室に戻ると、すぐにPCの電子カルテから〝黒田あや〟を検索し始めた。

（また……！）

黒田あやのカルテは確かにあった。それも2年前から定期的に通院している。

強固なはずの自分の足元が、フワフワと緩み始めている。尚はそんな不安を感じた。


（何かがおかしい）

そう思いながらも、尚は段ボール箱の整理をするために、その夜、再び侑市のマンションに向かった。


この部屋に出入りするのも、だいぶ慣れてきた。しかし玄関から寝室へと足を踏み入れると、部屋のただならない状態に気づいた。水浸しである。見ると本棚も本もビッショリと濡れていた。

慌ててバスタオルで床の水を吸い取ろうとするが、尚の頭にも水が落ちてきた。

「キャッ」

見上げると天井から水が滴り落ちている。その時チャイムが鳴った。混乱しながらもインターホンに出る。

「アート引越センターです。段ボール回収にうかがいました」

画面には昨日の黒酢はちみつ男が映っている。

「はい！　お願いします！」

真司が到着する前から、尚は玄関前で待ち受けていた。真司の姿を見ると、

「大変なことになってるの、ちょっと来て！」

真司は尚に続いて寝室に入ると、事態を理解した。


5分後、真司は真上の階の部屋の、キッチン下に潜り込んでいた。

「元栓閉めたんで、これ以上は漏れないですけど、すぐに水道屋、手配した方がいいっすよ」

そばには、その部屋の住人である中年の女が、尚と心配そうに立っている。神谷《かみや》という住人が自信なさそうに言った。

「あの、ホントにうちが原因なんでしょうか。細かいことについては、主人が戻ってか

ら相談いたしまして……」

この期に及んで当事者意識の薄い女に、真司は軽くキレた。

「とっととやらねえと、真下だけじゃ済まねえって言ってんだよ！　補償で破産しても知らねえからな」

腰の低い調子から突然すごんだ真司に、中年女だけでなく尚まで固まった。

「な～んちゃって、知り合いの水道屋に電話しましょうかね」

スマホを出しながら、真司は一転、元の口調に戻っている。

中年女が慌てて頭を下げた。

「お願いします！」


行きがかり上、このまま段ボールだけ持って帰るのもはばかられた。バスタオルが敷き詰められた部屋で、真司も後始末を手伝うことにした。

尚は濡れた本を乾かそうと開いて並べている。

「これ、わたしの大好きな小説なの……」

手には『砂にまみれたアンジェリカ』。

「こんなんなっちゃった……」

尚はわかりやすく落ち込んでいる。真司は複雑な気分だが、フォローを試みる。

「また買えばいいじゃないですか」

「初版本よ！　初版本には価値があるんです」

とりつくしまもない。

やけになったのか、尚は栞《しおり》をはさんであるページを開くと、真司に向かって読み始めた。

「空に向かって突っ立っている煙突みたいに、図太く、まっすぐに、この男が好きだとアンジェリカは思った」

真司はいたたまれない。

「いいと思いません？　わたしここ、暗記してるの。突っ立ってる煙突みたいにって、すごくない？」

「脳みそ腐りますよ、そんなもん暗記したら」

作業の手を止めずに真司が言う。

「腐りそうになる感じがいいんじゃない。わたしのような普通の人間には、こういうピカレスクでエロティックな刺激が必要なんです」

「ピカレスクでエロティック……エロチックですかね」

「エロチックじゃない！　『煙突みたいに図太く、まっすぐに』って」

そんな解釈もあるのかと思いながらも、真司は話を切り上げた。

「……段ボール、回収して帰ります」


真司は段ボールを持って玄関に向かった。慌てて尚が真司を追いかける。

「あ、ちょっと待って！」

玄関前で段ボールをまとめていた真司に、尚は手早くティッシュペーパーで包んだ心づけを渡そうとした。

「本当に助かりました。ありがとうございます。これで何か召し上がって……」

気分を害したと思い、慌てて言い直す。

「あ、じゃ、その辺で何かご馳走させてください」

真司は元の作業に戻った。

「これ、営業所に運ばなきゃなんないんで」

「営業所に置けば、終わりですよね」

（何なんだ、この女は？）と思いながら尚の方を振り返ると、彼女は段ボールを抱えてエレベーター前に運ぼうとしていた。

「いいですよ、やりますから」

真司はペースを乱されてイライラし始めた。

気がつけばトラックの助手席には、尚が座っている。営業所に一緒に戻って、それから近くの居酒屋にでも行こうということになったのだ。

真司はうっすらとトラブルの匂いを感じ、何度も断った。客とどうにかなるのはまあいいとしても、新婚さんとなると、後々どこから弾が飛んでくるかわからない。木村にも迷惑をかけたくなかった。

しかし尚のしつこさに、ついに押し切られた。

(何なんだ、この女は?)

ハンドルを握りながら、真司は落ち着かない。馬鹿なのか? それとも育ちが良くて天真爛漫なだけなのか? あるいはただの尻軽か。

ペースを握られっぱなしの真司は、軽くジャブを打っておくことにした。なめられっぱなしはよくない。

「こうやって、よく男を誘うんですか?」

「まさか……婚約してるんですけど、わたし」

「らしいですね」

「来月結婚して、あのマンションで暮らすんです。水浸しになっちゃって、何か縁起悪いですけど」

「……何で人は結婚するんですかね……」

「……リスクの少ない出産を考えると、年齢的にそろそろかなって思って」

「ああ、そうですか」

医者だそうだが、頭の良い人間の考えそうなことだ。

「だけど、よく考えたら、結婚しなくたって子供は産めるんですよね。何で結婚しなきゃって思ったのかな」

尚は今さらながら、自分の答えに合理性がないことに気がついた。

「とりあえず、決めたことは守った方がいいんじゃないですか」

「そうですよね」

話が面倒くさくなりそうなので、真司は少し矛先を変えた。

「相手の方もお医者さんですか」

「そうです」

「医者は医者とくっついて、その子はまた医者になる。医者って商売は、よっぽどおいしいんだな……それはやっぱり、ピカレスクでエロティックな刺激が必要ですね」

「そうなんです」

尚がにっこり笑って答えた。皮肉がまるで通じない。

(やっぱり変な女だ)

この女の感謝の気持ちとやらを満足させて、早いとこお引き取り願おう。真司は腹をくくった。営業所で段ボールを片付け、近くの居酒屋に案内した。

日本酒が3本ほど空になると、話題は『砂にまみれたアンジェリカ』になった。真司は下を向いて、こっそりため息をつく。

「あの作家って、孤児なんです」

(今度はそこに来たか)

黙って盃に酒を注いだ。

「神社の鳥居の所に捨てられてたんですって」

「随分くわしいですね」

「何かのインタビューで読みました」

真司の酒を飲むペースが速まる。

「最近書いてないのかしら……？」

「生きてないんじゃないですか」

「え……」

「生きてても息してるだけ、みたいな……」

「わたしの勘なんですけど、あの作家はきっと、すっごくステキな人だと思うんです」

今度は酒をむせそうになった。

「……それは見た目ですか」

「見た目も中身も。そうじゃないと、暗記するほど好きになるはずないと思うんです」

（この見た目で好きになるのかよ）

「それと、男の人なのに、何であんな風に女の気持ちがわかるのかしら？　いつか、もし会えたら聞いてみたい」

「わかってるんじゃなくて、想像してるんですよ。人を殺したことがなくても、小説家は殺人犯の気持ちも、想像して書くわけでしょ」

「人殺しの気持ち？」

真司が少し真面目な顔になって尋ねた。

「殺したい人います?」

「……!　いない、いるんですか?」

「いないです。子供の頃はいたけど」

「いたの」

「磔《はりつけ》にしたり、逆さにして埋めたり、サメがうようよいる海に船から突き落としたり、いろんなこと考えてましたよ」

真司は、いつの間にか素になっている自分に舌打ちした。

「そっちの脳みそも腐ってません?」

「子供の頃こそ、そういうこと考えませんか。大人になると、だんだん人を憎む情熱もなくなるけど」

「愛する情熱は?　愛する情熱は成長すると育つものじゃないの?」

真司はしゃべりすぎたことを後悔した。

「愛されたことないから、わかんないなぁ。もう1本頼んでいいですか?」

尚が店の奥に声をかける。

「もう1本お願いしま～す」

男女の店員は何か真剣にしゃべっていて、オーダーに気がつかない。

「お願いします」

真司も声をかけたが、反応はない。

「あの二人、何しゃべってんですかね？」

「さあ……？」

尚も首をひねる。

真司は先ほどのやり取りのバツの悪さからか、〝陽気な真司〟を繰り出すことにした。二人の店員の口の動きに合わせて、勝手にセリフをかぶせ始める。

女「店長、あたし、妊娠してるんです。もうあれがずっと来ないの」
男「ヤバイじゃん」
女「めでたいとも言います」
(男の表情が曇っているのに、真司がすかさず反応する)
男「そそそれは、俺のせいなの？」
女「店長とあたしのせいです」
男「そそそれは、あの日？　でもさ、あの日はちゃんとアレして、きちんとアレできたから、それはないと思うけどな」

女「それでもできたんです」

(実際、女は自信に満ちた表情。そして明らかに男はうろたえていた)

男「俺、もう子供3人もいるんだぜ」

女「4人目です！」

(女はプイと奥に引っ込む。取り残される男)

そこに入り口から、新しい客が入ってきた。

「いらっしゃいませ！」

男性店員と真司の声が、ユニゾンで店内に響いた。

「最高！」

尚が手を叩きながら笑い転げている。


テーブルの上の徳利が6本を超えた。二人ともかなり酔いが回っている。

店にはもう尚と真司しかいない。早く帰ってくれないと片付かないと、先ほどの二人の店員から、恨みがましい視線が送られてくる。

その視線に、真司が再び勝手な吹き替えで応戦する。

男「外人タレントの名前で、尻取りしようぜ」
(また始まったと尚は期待した)
女「マルシア」
男「ア……ア…厚切りジェイソン」
(その瞬間に男が口を開けた。すかさず真司がかぶせる)
男「あ！」
「ギャハハ」
尚は手のひらで、テーブルを派手に叩いている。そのあまりに屈託のない底抜けな笑いに、真司の顔もついほころんだ。

店を出てタクシーが通るのを待ちながら、二人は歩道で向き合った。尚に言われるままに、真司は彼女と一緒にスマホを振る。酔いが回って、真司はもう尚が変な女でも、どうでもよくなっていた。

「来月結婚するんですよね」

「しますけど、あ、開通ぅ」

(開通しちゃったよ。何やってんだ俺？)

「家どこですか？　送っていきますよ」

「千葉の銚子。タクシー代かかるよお。医者って金持ちだな」

「そんな遠くに住んでる感じしないけど、ウソでしょ、今の」

「営業所で寝ますから、いいです。ご馳走様でした」

真司はゆっくり頭を下げると、歩き出した。

尚は後ろから来たタクシーを止めようとしたが、もう一度真司の方を振り返った。

「ねえ！」

真司が振り返ると、尚はバッグの中から何か取り出し、真司に放り投げた。


緩やかな放物線を描いて、黒酢はちみつドリンクが飛んでいく。

「オットットットットットッ……」

驚いた真司が、ハンブルしながらやっとキャッチすると、手にしたものに気づいた。

尚が笑いながら叫ぶ。

「好きでしょ、それ」

そう言うとタクシーをつかまえ、乗り込んでいった。

我に返って、真司は営業所へと歩き出した。

もらった黒酢はちみつドリンクを飲みながら、変な女、北澤尚のことを考える。慌ただしい女だと思った。遠慮ということを知らないのか、強引にトラックに乗り込み、結局、望み通り酒を奢った。奢るだけでなく、真司に妙な芸までやらせてしまった。すっかり懐に入り込まれた気分だった。でも、それほど悪い気分でもない。

普段の尚の姿を想像してみた。すると、何だかいつでも走っていそうなイメージが湧いた。

真司は声に出して、小説の書き出し風に言ってみる。

「彼女はあの頃から、いつも急いでいた。まるで何かに追われるように、いつもいつも走っていた」

さらに続けてみる。

「彼女の急ぎ足の人生に、こうして僕は出会ってしまった」

小説家みたいな真似をしている自分に苦笑した。

あの女が『砂にまみれたアンジェリカ』の話を持ち出したからだろうか。彼が書いた小説を、ああでもない、こうでもないと、目を輝かせて語っていた。

真司は自分が小説を発表した頃のことを思い出した。作品をいろんな人から誉められたり、けなされたり。中には人生が変わりましたとか、大げさなことを言う人間もいた。あれは不思議な感覚だった。自分が表現したものを通じて、いろんな人とつながっていたような……。物心ついた頃からバリアを張って生きてきた真司だったが、初めて世間と通じる窓が開いた気がした。

たとえそれが錯覚だったとしても、真司は自分がなくしたものの大きさに、今頃になって気づいた。

尚はタクシーに揺られながら、今晩の思いがけない展開を振り返っていた。

水漏れ、黒酢はちみつ男、誰かに思い切り語りたかった『アンジェリカ』のこと、勝手な吹き替え……真司のしゃべり口調や表情を思い出すと、また笑いがこみあげてくる。もう記憶のほつれのことなど忘れていた。

何となくスマホをチェックすると、侑市からの着信記録があった。

……少し酔いが醒めた気がした。

●●●●

水漏れから1週間後、部屋は上階の住人の負担で、天井も壁もきれいにリフォームされていた。この日、工事終了の確認に、部屋には尚、薫、そして婚約者・侑市の母であり、尚のウエディングドレスをデザインした、井原千賀子が集まっていた。


千賀子が上機嫌で部屋を見回す。

「リフォームしてもらって、得したわね」

「あとは侑市さんのお帰りを待つだけですね。何だかウキウキします」

「自分が結婚するみたい」

妙にはしゃいでいる母に、尚が呆れている。

「わたしは開業医に嫁いだので、甘い新婚時代なんて、一日もなかったもんですから、娘がうらやましいです」

「わたし、尚ちゃんが来てくれることもうれしいんだけど、薫さんという妹ができたような気がして、それもうれしいんですのよ」

「まあ光栄ですわ」

そう言って千賀子と薫は笑い合っている。当事者そっちのけで盛り上がる二人に、尚は逆にテンションが下がった。


部屋に来たついでに、尚は工事後の部屋を片付けておくことにした。何とか乾かした本を、再度、本棚に収める必要もあった。

本棚に向かうと、つい『砂にまみれたアンジェリカ』を手に取ってしまう。リフォーム中も業者との打ち合わせに部屋を訪れたが、その時も同じだった。

そして本を眺めていると、なぜか真司の顔が浮かんでくる。

(なぜに黒酢はちみつが……)

薫たちに新居用の食器を見に行こうと誘われたが、尚は用事があるとごまかし、少し街をふらつくことにした。

歩いていると、このあいだの、真司と過ごした夜の記憶がよみがえってくる。

わたしの『アンジェリカ』の朗読に「脳みそ腐りますよ、そんなもん暗記したら」と言われたこと。そして居酒屋での爆笑の吹き替え……。

歩きながら噴き出してしまい、すれ違う人に怪訝《けげん》な顔をされてしまった。

早番であがった真司が部屋に戻ったちょうどその時、スマホが鳴った。北澤尚からメールが来ている。

『この前はありがとう。すっごく楽しかったです。またご飯行こう』

さらにスタンプがいろいろ来る。

尚は街角で立ち止まってスマホを見ているが、既読にはなっても返信はない。

「……」

諦めてバッグにスマホをしまい込み、歩き出したところで着信音が鳴った。

『結婚するんでしょ』

返事を思いつかず尚はスルー。

『決めたことは守れって言ったでしょ』

スルー。

ややあって、真司のスマホに再び尚からメール。

『ご飯行こう』

『明日の夜8時、この前の店で待ってます』

(この女、相変わらずだ)

尚がやきもきして返事を待ってると、やっと真司から返信。

『やっぱり脳みそ腐ってるな』

真司はベッドにスマホを放り投げた。これ以上、落ち着かない気分でいるのがイヤになった。

◉ ◉ ◉ ◉

翌日、尚は8時10分前に居酒屋に着いた。真司はいない。尚は一人で飲み始めた。飲みながら、なぜ自分がここにいるのかを考える。

また馬鹿話をしたかっただけなのか？

『アンジェリカ』について語りたかったのか？　でもなぜその相手があいつなのか？

モヤモヤするばかりで答えは出ず、尚はつまみをやけ食いした。

2時間以上が経過したが、真司は来ない。妙な酔い方をしている自分に嫌気がさした。会計して店を出る。すると目の前に黒酢はちみつが立っていた。

驚いている尚に向かって、真司が口を開いた。

「メニュー全制覇したんすか……」

「ずっとそこにいたの？」

真司は適当な答えが思いつかない。

「何で入ってこなかったのよ」

「いや～……」

「何がいや～なの？」

待たされていたせいで、尚の語気が強まった。

それでも真司は答えず、一人で歩き出した。

「何がいや～なのよ。何で入ってこなかったの？」

言いながら後を追う。

真司は黙って歩いていく。尚は4、5メートル後をついていくが、酔いが回って足がもつれがちだ。

「ねえ！　何で入ってこなかったんですか？」

真司は振り返りもせず、どんどん歩いていく。

ふいに、尚の口から言葉があふれた。

「あいつはいつも約束を破る。そしてわたしを平気で何時間も待たせる。それはあいつが自意識のかたまりである証拠だと、アンジェリカは思った。自分を待っている女を想像することで、自分の存在価値を確認している。貧しい男めと、アンジェリカは心の中で叫んだ」

真司の足が止まり、振り返った。

「腹の中」

「え?」

「〝心〟の中で叫んだではなく、〝腹〟の中で叫んだ、です」

「……!? 何で知ってるの?」

「……俺が書いたから……」

真司は小さな声でそう言うと、再び前を向き、歩き始めた。

「え……シンジって……間宮真司? え——っ!」

尚は慌てて走り出し、真司の前に回り込んだ。

「危ね」

尚の顔がわずか20センチ前にある。

「間宮真司なの! あなたが間宮真司なのね! 何で黙ってたのよ!」

「だって……あんまり誉めるから」

尚は首を振りながら、改めて事態をのみ込もうとする。

「それに、背が高くて、脚が長くて、首も長くて、指も長い感じ、想像してるみたいだったし」

「そんなことないわよ！」

「こんな感じだと思ってた？」

照れ隠しに真司は頬に指を突き立て、少し首を傾げてみた。

「ん～、そうでもないけど」

「だよね。シンジでわからなかったもんね」

「……何か気になってしょうがなかったのは、そういうことだったのね……」


二人は公園のベンチに座り、話し始めた。

「俺は１９７２年11月29日に、松代神社の鳥居の下に捨てられてたのを、宮司さんが発見してくれたんだって。だから、間宮の宮は宮司の宮、間宮の間は、施設の園長先生が間山だったから、その間。真司の司も宮司の司」

「真司の真は？」

「知らない。何でかな？」

「〝真〟っすぐ育つようにって意味じゃないの？」

「どうかな〜？」

少なくとも、そうは育たなかった、という言葉はのみ込んだ。

話は終わらなかった。いくらでも話すことが出てきそうだった。すでに日付が変わっている。

「施設の園長先生は大柄で、オッパイもこ〜んなに大きくて、抱きしめられると、窒息しそうで怖くて、怖くて。だから俺、胸のない女性の方が好きなんだよね。アンジェリカも細くて長いポパイのオリーブみたいな感じでしょ」

「ポパイのオリーブってなあに？」

「知らないの！」

「知らない。でもオリーブって、細くて長くて、わたしみたいなの？」

「え、ま、ポパイというマンガというかアニメが昔あって……」

「わたし、タイプなんだ」

「いや、そういうわけでも……」

「……違うの？」

「すごいはっきり聞くんですね」

「……」


真司が東の方角を見ると、少し明るい。

「わっ、朝だ」

「4時30分」

尚が腕時計を見せる。

「マジで？」

「マジです」

「俺、ずっとしゃべってたんだね」

「うん、すっごい面白かった」

真司は急に疲労を感じた。

「喉が痛い」

わたしもと言いながら、尚が喉を触る。

「北澤さんもすっごい面白かったよ」

東の空はピンク色に染まりつつあった。つかの間、二人は無言で朝焼けを見つめた。


真司が意を決したように立ち上がった。

「俺、もう行かないと、6時スタートで引っ越しあるから」

「寝ないで引っ越しって……」

「仕方ないじゃん。生きるためだよ……それじゃあ」

そう言って真司は営業所の方に歩き始めた。途中、一度だけ振り返り、尚に笑顔を見せた。体は疲れているはずだが、真司の足は妙に軽かった。


真司を見送った後も、尚はしばらくベンチに座って朝焼けを眺めていた。そしてどこか、昨日までとは違う自分を感じていた。

この数日、自分の中で何が起こっているんだろう？　自問自答する。

高校の頃から大好きだった、『アンジェリカ』の作者と出会ったから？　いや、違う。それはただのきっかけ。もっと遡った頃からの話だ。

わたしって……本当はアンジェリカなんじゃないの？　ピカレスクでエロスが大好きな。アンジェリカに憧れてたんじゃなくて、彼女に共鳴してたんじゃ……これはわたしのことを書いてるんだって。そう考えると、昨日までの自分は何だったのか。

尚の心の揺らぎは、いつまでも収まらなかった。

● ● ● ●

真司と夜通し語り合った翌朝。家に帰ると薫が待ち構えていた。

「婚約者がいるというのに、朝帰りとは、どういうこと？」

薫の小言が遠くで鳴っているみたいに聞こえる。尚は疲れ切っていた。身も心も。

「もう30も半ばなんだから、分別はあると思うけど」

「…ある。あるから2時間くらい寝かせて」

目も合わさずに自室に消えた娘に、薫は憮然《ぶぜん》とする。

仮眠を取って何とか午前中の診察を終えると、尚は受付の柚香を、話があるとばかりにランチに誘った。

クリニック近くのカフェに二人は腰を下ろした。柚香はメニューをしばらく見て迷っていたが、ようやく注文を決めた。

「わたし、Aランチ」

「Aランチふたつ」

尚が間髪入れず、店員にオーダーを伝える。


自分で誘っておきながら、尚の口は重い。やむなく柚香の方から切り出した。

「何が起きてんの?」

「え?」

「だって最近、様子がおかしいもん。ワシントンの彼氏に女がいたとか、そういう話?」

尚は観念してカミングアウトした。

「逆」

「えっ、尚に男ができたの?」

意外な答えに柚香の声が裏返りそうになる。

「『砂にまみれたアンジェリカ』って小説を書いた作家に会っちゃったの」

「それ、お気に入りの小説じゃない」

「だから運命だと思うの」

「運命の…出会い？」

「たぶん」

意外な言葉が飛び出した。柚香はこれは重症かもと思った。

「尚がそんな甘ったるいこと、信じるなんて」

「そうだったんだけど、その価値観が勝手にどんどん崩壊しちゃって、自分でもどうしていいかわからないの」

尚はまだ、自分の中で目を覚ましたアンジェリカに、正直、戸惑っていた。

「そんなにステキなんだ、その小説家は……」

「ちょっと説明しにくい感じ」

容姿はさておき、真司は彼女の中にあるアンジェリカを覚醒させた男であり、同時にアンジェリカの最大の理解者でもある。


「どこまで行ってんの？」

柚香がストレートに進展具合を聞く。

「キスもしてないし、手もつないでない」

「好きなら時間の問題だけどね」

「そうかな？」

「早くいろいろしてほしいんだ」

「……うん、脳みそ腐ってるよね」

柚香は深くため息をつくと、現実的な提案をした。

「それなら早く試して、どっちを選ぶか結論出した方がいいな」

「これから先のことを考えると怖いけど、もう立ち止まれない……」

そう口に出したことで、尚の気持ちはいよいよ固まった。

「まあ、時々深呼吸して、落ち着いて進んでよね。暴走して怪我しないように」

尚は言われた通りに、その場で目をつぶって、ゆっくりと深呼吸した。

「そうそう」

柚香から、再びため息がもれた。


「Aランチでございます」

店員が食事を運んできたが、そんな気分じゃないと尚の目が訴えている。

「残ったら、わたしがもらっていくから、娘に」

「よろしく」

伝票をつかむと尚は立ち上がった。

●　●　●　●

その日の夜の引越センターの営業所。明日の仕事の確認作業を終え、従業員たちは帰り支度を始めていた。黒酢はちみつドリンクを飲む真司に、木村が真司の背後を指差す。

「表」

「オモテ?」

「外だよ外」

「あ…」

尚が電柱に寄りかかりながら立っているのが見えた。

「あれは、お前を待ってんだよな」

「さあ……」

「もうすぐ結婚するんで、新居に引っ越した客だよな」

「そうでしたっけ？」

真司は一応とぼけてみせた。

「お前がキッチンでドリンク飲んで問題になったろ」

「そうでした」

「何かモメてんじゃないだろな？」

真司はブルブルと首を振った。

「じゃ接近してんの？」

「いえ、全然。追い返してきます」

真司はぎこちない足取りで、表に出ていった。

それを目で追う木村に、若い小川が気づいた。

「どうしたんですか、木村さん」

「どうもしてねえよ、俺は」


尚に近づき、真司が声をかけた。

「……何か、用ですか？」

「また、ご飯食べないかなって思って」

尚があっけらかんと答える。

「また、ですか！」

「また、です」


再び例の居酒屋で、二人は飲み始めた。

「またやって、店長、あたし、妊娠しちゃったのって」

笑いながら尚が言う。

「もうネタ切れだよ」

「小説家なんだから、いくらでもイメージふくらみそうなのに」

「小説、もう書いてないし……」

「じゃ、わたしがやる」

「え……」

今日もこの女は飛ばしてる、と真司は思った。

店員の「いらっしゃいませ」の声と共に、外国人カップルが店に入ってきた。どちらもアングロサクソン系の白人だった。

尚が彼らの外国語を勝手に吹き替える。

女「うち、何でご飯食べよやなんて、ゆうたんやろか」
女「あんた、うちが行きたかったんは、ここやあらへん」
男「ほな、どこやねん」
女「あんたの家や」
男「そやかてお前、他の男と一緒になるんやろ」
女「花嫁衣装もできてるし、披露宴の司会も、スピーチも頼んでしもたし、快速特急に乗って高速で走ってる。けど、うち、快速特急降りたい。このまま、あんたの家に行きたい。連れてって！」
男「わかった、ほな出よ」
花嫁衣装というセリフが引っかかったが、真司は意外な芸達者ぶりに感心した。適当な関西弁がまたいい。
「やりますね」
「わたしたちも出ない？」
尚のマジな目つきに、笑いかけた顔が固まった。
尚は本当に真司のアパートまでやって来た。居酒屋からここまで、二人とも無言である。鍵を開け部屋の中に入る。しかし真司は玄関で立ち止まった。

「どうぞ、とか言わないの？」

しびれを切らせて、やっと尚が口を開いた。

「どうぞ」

真司がオウム返しに言うと、二人はぎこちなく中に上がった。

部屋の真ん中でじっと見つめ合う。

「何もしないの？」

またも沈黙を破ったのは尚だった。

「快速特急、ホントに降りられんの？　降りたとしても、道じゃないよ、砂漠だよ、砂漠歩けるの？」

「歩く……」

そう言うと尚は自分からキスした。

柔らかだったのは一瞬で、すぐに腕を真司の首に回し、むさぼるように舌を絡める。

真司は自分が裸にされていくような、不安と興奮を感じていた。

長い長いキスがようやく終わり、二人の顔が離れた。

「あっち、行こ」

真司を見つめたまま、尚がベッドを指差す。

尚から伝わってくるのは文字通り、空に向かって突っ立っている煙突みたいに、図太く、まっすぐな欲望だった。

その夜、尚の中のアンジェリカは、解き放たれた。

朝、尚は目覚めると、ここが真司の部屋であることを思い出した。彼はまだ眠っている。今は何時かと思ったが、部屋には時計が見当たらない。スマホで確認する。SNSやメールや電話の着信が山ほど来ているが、見る気にはなれない。今日は午前中から、診察の予約がいくつも入っているのを思い出した。グズグズしていられない。バッグの中から歯ブラシを出し、台所の流しで顔を洗い、歯を磨いた。

● ● ● ●

水のはねる音で、真司が目を覚ました。

「おはよ」

声をかけられて、真司はやっと事情をのみ込んだようだった。

「今日、何人も患者さんの予約が入ってるから、一度クリニックに行くけど、仕事終わったら戻ってくるね」

「え……戻るって…」

「わたし、結婚やめる。別にやめたからって、あなたに結婚してくれってことじゃなくて……これはわたしの心の問題なの」

「もうちょっと、よく、考えた方が、いいような」

「考えている時間はないの。相手に話して、親に話して、急いであらゆることをキャンセルしないとならないから」

「そんな、そんなことはしないでよ、北澤さん」

この期に及んで、真司の他人行儀な上に、分別臭い物言いが尚にはもどかしい。

「あの、例えば……結婚式の前の日までつき合うってのは、どうか、なぁ……?」

うろたえた真司は、わけのわからない折衷案を言い出す始末だった。

「快速特急から降りて、砂漠を歩くって決めたの。たとえ、あなたと明日終わっても、後戻りはしない。鍵貸して」

「鍵……えっ、鍵って何……」

尚の砂漠を歩くスピードは、快速特急に引けを取らなかった。

尚が真司を追い立てるようにして向かった先は、駅前の鍵店だった。尚ができたばかりの、真司の部屋の合鍵を受け取る。

「はや～い」

「うちは店名通り〝スピードキー〟だから！」

店員がにっこりと微笑む。

「これでよし、行ってきま～す」

鍵を財布の中に収めると、尚は全速力で駅の改札へ走り始めた。

慌ただしく真司を襲った嵐は、去り際も慌ただしかった。


部屋へ戻ろうと歩き始めた真司は、ふと、以前に口にした小説風の書き出しを思い出した。

『彼女はあの頃から、いつも急いでいた。まるで何かに追われるように、いつもいつも走っていた』

そのまんまだ。苦笑いしていると、真司の頭の中で何かのイメージと重なった。

（……誰かに似てる……）

真司はできる限り遠くまで、記憶を呼び起こした。

（……あいつか！）

真司が〝彼〟と会ったのは、ずいぶん昔だった。

小さな頃、周りと馴染めなかった真司は、空想の世界で遊ぶ時間が多かった。心の中にはもう一人の自分がいて、そいつは無限のパワーを与えられていた。不公正を働いたり、自分を侮辱する人間は、磔《はりつけ》にしたり、サメのいる海に突き落としたり、容赦なく処刑する。一方でまっすぐに生きている者には、無償の愛を捧げた。彼は、道徳、常識、世間体、周りの空気などものともしない、真の自由を手にした反逆者だった。

孤独だった真司を支えた懐かしい存在。彼は小説で描かれる際に性別を変え、アンジェリカと名付けられた。アンジェリカは、真司の分身だった。

そのアンジェリカが、目の前にいる。

尚との出会いに、真司は運命のようなものを感じ始めていた。

尚は何とか診察時間に間に合った。受付にいる柚香とミルに勢いよく声をかける。

「おはようございます!」

「おはよう…ございます……?」

と返事しながらも、ミルは尚が上階の自宅からではなく、外から入ってきたことが引っかかった。

柚香は(早速、試したな)と思いながら、尚に大丈夫かと、深呼吸してみせる。

尚は小さく頷き、「今からワシントンに電話するんで、入ってこないで」と言い残して、診察室に消えた。


入れ替わりに、自宅の方から薫が現れた。

「おはよう」

「おはようございます」

「尚先生、来てる?」

外泊だ……とミルも気づき、診察室を指し示す。

薫は無言で入ってくると、いきなり尚のスマホを取り上げた。

「あっ」

間髪入れずに薫がたたみかける。

「昨夜も男と泊まったのね」

尚は素直に頷いた。

「開き直るのはよしなさい。聞くのも不愉快だけど、どういう人なの？」

「小説家」

「それは有名な人なの？」

「間宮真司」

「知らないわ」

「玲瓏文藝賞作家よ。だから、このまま侑市さんと結婚することは…」

薫がピシリと遮った。

「待ちなさい！」

「決めたのよ、もう」

尚は薫の顔をまっすぐ見て、きっぱりと言った。

「ママだって、人生には思わぬ出会いがあることくらい、知ってますよ。だけど、人の出会いには順番があるわ。その順番は守るのが人の礼節なんです」

「そうかもしれないけど……」

「この段になって、侑市さんやあちらのご両親を裏切るなんて、あってはなりません」

しばし沈黙が流れた。


「もう裏切ってるわ」

「でもまだ誰も知らないでしょ。今のうちに引き返しなさい」

「返して」

薫が持つスマホに尚が手を伸ばした。

「頭冷やして、よく考えなさい」

ノックの音がして、柚香が顔を出した。

「尚先生、10時の森様、お見えです」

「お通しして」

患者が入ってくると、尚と薫はにこやかに迎え入れた。

「お待たせいたしました」

と言いながら、薫は横目で尚をにらみつけた。

やむを得ず薫は尚の診察室を出ると、自宅に戻った。ＰＣで「小説家　マミヤシンジ」を検索し始める。

ネットには間宮真司の断片が、こんな風に転がっていた。
・１９９４年『砂にまみれたアンジェリカ』で玲瓏文藝賞を受賞。21歳で彗星のごとく文壇に現れ、世の中の注目を集める。
・捨て子で施設で育った孤独な幼少期の経験を、女の子に置き換えてリリカルに表現した作品は多くの読者の胸を打った。
・待望の２作目『日向の殺人者』は酷評された。
・自身の生い立ちを描いた私小説的処女作と違って、２作目は奇をてらったミステリーで評価を落とした。
・以来、小説の世界から姿を消している。
薫には、社会の底に沈んでいる人間にしか思えなかった。

尚の行動に迷いはなかった。午後の外来が終わると、すぐに固定電話でワシントンの侑市に電話した。もう現地は深夜だが、やむを得ない。

「こんな時間にごめんなさい」

「どうしたの？」

4回の呼び出し音の後、やや眠そうな声で侑市が出た。

寝起きの人間には酷な内容だとはわかっていたが、尚はいきなり話を切り出した。

「お願いがあるんです。婚約を解消してください」

「え……？」

侑市の困惑が手に取るようにわかる。尚は自分の身勝手さを、改めて思い知った。

「好きな人ができてしまったんです」

侑市から言葉は返ってこない。

「こんなこと、言わない方がいいと思うんですけど、言わないのもいけないと思って……。自分でも、なぜこんなことになったか、わかりません。侑市さんに不満があったわけでもありません。でも今の気持ちが、止められないんです」

「尚らしくないな」

ようやく侑市が言葉を返した。

「そういう感情とか修羅場とは、無縁な人だと思っていたけど」

「わたしも、経験のないことで戸惑ってます」

「僕らは、もろもろの条件を納得し合って婚約したんだ。尚が今かかっている熱病は、時が経てば治まるよ、きっと」

侑市の反応は、頭を冷やせと言った薫に似ていた。

「尚だって、そのことはわかってるだろ？」

「わたしのこの行動が正解かどうか、その答えはいつ出るのか、誰がいつ決めるのか、わかりません。でも理性を超えた本能が、わたしに命じるんです」

（そう、わたしの中のアンジェリカがそう命じている）

「……尚の今の気持ちは、わかったよ。だけど、結婚まであと1カ月ある。それまでに別れてくれれば、僕は目をつぶるよ」

（あなたがつぶれても、わたしがつぶれないの……）

「もしもし！　聞いてる？」

侑市の語気が強まった。

「はい」

「この件は会って話そう。来週末には帰るように、すぐ手配するから」

突然、診察室に薫が入ってきた。ずかずかと尚に歩み寄ると、尚から受話器を取り上げた。

「井原先生、尚の母でございます」

「やめて！」

尚が叫んだ。

「この子、ちょっと今、どうかしているんです。すみません。この子が言ったことはお忘れください。ご両親にも、このことは、どうかご内密に。必ず目を覚まさせますので、必ず」

尚は薫の白衣のポケットから、自分のスマホを奪い返し、診察室を飛び出した。

「尚ちゃん！」

尚は走った。自分の最大の理解者の元へ。


仕事を終えた真司がアパートに帰ってくると、尚が外階段に座っていた。膝の上にはケーキの箱が載っている。

「何してんだよ」

「待ってたの」

尚が微笑んだ。さっきまでのイライラが、ウソのように消えていく。

「合鍵どうしたの？」

「合鍵って？」

（この女は慌てん坊の上に、うっかり者なのか）

「財布の中、見てみたら？」

「あ」

「大丈夫ぅ？」

（まただ）

尚はいつかの心のざわつきを思い出した。


二人が部屋に入ると、尚は手に持っているケーキの箱を持ち上げた。

「アップルパイ、買ってきたの。ケーキ屋さんの前通ったら、どうしても食べたくなっちゃって」

「アップルパイなんて、食ったことないよ」

「え～、どうして？」

「どうしてって、施設のおやつは、いつも煎餅か飴玉だったから」

尚が不思議そうに尋ねる。

「大人になってからも食べたことないの？」

「ないな」

アップルパイを食べたことがない人間がいることを、尚は本当に信じられない風だった。こんなおいしいものをと言いたげな、そのストレートさが真司には小気味よかった。

「お皿ないから、もう手で食べよ。初体験アップルパイ、どうぞ！　いただきま～す」

尚が豪快に手づかみでアップルパイを食べ始めた。

真司も、そっとアップルパイを手に取る。

「いただきます」

かぶりつくたびに反対側から具がこぼれそうになり、手づかみのアップルパイは食べづらかった。しかし尚と食べる初めてのアップルパイは、素直にうまかった。

真司の目に表れた「おいしい！」に、尚は「でしょう？」という目線で応えた。

尚はパイを頬張りながら、気になっていたことを真司に尋ねた。

「……もう、小説は書かないの？」

真司は黙って食べ続ける。

「読みたいな、間宮真司の新作」

尚は真司の痛いところを遠慮なく突いてくる。

「書きたいことが見つかったら、また書いて」

真司は曖昧な顔をしつつ、アップルパイを食べ終わった。

「うまかったけど、食いにくかった」

「ん〜、おいしかったね」

尚がペロリと指をなめる。


真司はこぼれたパイのかけらを拾いながら、現実に目を向けた。

「今日は帰った方がいいよ」

「泊まる」

真司といたいだけでなく、家で再び薫とやり合うのがイヤだった。

「今日は帰って」

「……一人がいいの？」

「一緒にいると、他のことを考えられないもん。お互い、これじゃダメだと思うよ」

ここ一連の嵐のような展開を、真司も整理しきれずにいた。

尚は面倒から逃げている自分を恥じた。アンジェリカにはあるまじき卑怯な行為だ。

自分の進みたい道と、きちんと向き合わねば。

「わかった。一人で考える時間は必要だと、わたしも思う。だけど、明日また来ていいでしょ？　泊まらなくてもいいから」

「うん」

「外来が終わったら、電話するね」

真司は頷きながら、まっすぐに真司を求めてくる尚に、確かにアンジェリカを感じていた。


翌日、午後の診療を終えるや、尚がクリニックから飛び出していく。真司と会えると思うと、自然と足が速まるのを抑えきれない。

「お疲れ様！」

受付の二人が返事をする間もなく、すでにその姿はない。

ミルが不審な面持ちで柚香を見る。

柚香はすべてお見通しだが、無言である。


電車を降り、駅前のスーパーで買い物を済ませると、尚は真司のアパートに向かった。

（もうすぐ会える！）

と思った瞬間、周りの景色が歪んだ気がした。時間の流れも何だかおかしい。

「え……ここは……？」

得体の知れない不安が全身を覆う。パニックに襲われた尚は、何かから逃れるように走り出していた。

（助けて！）

そこに路地から猛スピードで出てきた自転車が、尚の目の前に現れた。真後ろに吹っ飛び、後頭部を強打する尚。

餃子や卵、ビールの缶が飛び散った。

尚が救急車で搬送されたのは、偶然にも侑市が間もなく赴任する、堂明大学附属病院だった。救急処置室で意識不明の尚が治療されている。

「脳外科を呼んで」

当直の外科医の渡部《わたべ》伸夫《のぶお》が看護師に指示する。

「MRIはOKです」

同僚の酒井《さかい》が上がってきた検査結果を伝える。

「もしもし？　わかりますか？」

渡部の呼びかけに、尚の目が開いた。

「お、気がつきましたね、よかった。ここは病院ですよ、あなたは事故に遭ったんですけど、覚えてますか？」

尚はまだ反応できずにいた。

「痛いとこ、ありますか？」

再度、呼びかけられたが、返事ができない。

「お名前、言えますか？」

「キタザワ……ナオ……」

やっとそれだけ言うことができた。


意識が戻った尚は、駆けつけた薫とともに、渡部から説明を受けた。

目の前には脳のＭＲＩ画像が映し出されている。

「あちこちに打撲はありますけど、脳内に出血もありませんし、頚椎、背骨にも問題はなく、頭蓋骨に骨折もありませんので、今日のところはお帰りになって大丈夫でしょう」

「ありがとうございました」

薫が丁寧にお礼を言うが、尚にはまだ、その余裕がない。

「明日以降、もう一度、外科の外来を受診してください。明日は僕も出ていますので」

「朝一番で、先生の予約入れていただけませんか、今」

不安でたまらないという顔の薫が、間髪入れずに頼み込む。

「……！　そうしますか？」

渡部が尚に確認する。

「はい、お願いします」

無表情で尚も同意した。

廊下に出た薫たちが帰り支度をしていると、看護師が尚にバッグを差し出した。

「これ、救急隊から預かったんですけど、事故の時、持っていらしたバッグです。間違いありませんか?」

「そうです。どうもありがとうございました」

バッグを受け取ると尚はスマホを探した。真司に連絡しなくては。彼が待っている。

お大事にと言って立ち去る看護師に、薫が深々と頭を下げた。

「こんな目に遭ったのは、罰が当たったからよ。頭冷やしなさい」

薫の小言は耳に入っていなかった。それよりスマホが見つからない。するとバッグの底から、黒酢はちみつドリンクが出てきた。

(そうだ、会いに行けばいいんだ)

尚は走り出した。

「待ちなさい!」

慌てて薫は追いかけるが、尚の猛烈なスピードに追いつけない。病院を出ると中庭を抜け、あっという間に道路に飛び出した。

「誰か、その子を止めてください！」

通りがかった人間が、薫の叫びに驚いて振り返るが、怪訝《けげん》な顔をするだけだった。薫の視界から、尚が消えていく。


同じ夜、急きょワシントンから帰国した井原侑市も、堂明大学附属病院を訪ねていた。勝手を知った医局に上がり込む。同期の渡部が、一人で頭部ＭＲＩを見ていた。

「渡部」

侑市が声をかけると、渡部が驚いたように立ち上がった。

「井原、今日だったのか」

「ちょっと予定を早めたんだ。教授のとこに行く前に、渡部に挨拶でもと思って」

「お帰り、いよいよ同期初の准教授誕生だな」

自分の出世話は無視すると、侑市は、渡部が見ていたＭＲＩ画像に目を留めた。

「何見てんの？」と言いながら覗き込む。

「急患のＭＲＩ。きれいな脳だろ。何の問題もない」

満足げに、渡部も改めて画像を見た。しかし横にいる侑市の顔がこわばった。

「……この患者、もしかしてMCIじゃないかな」

「MCI……何それ？　お前の専門か？」

「軽度認知障害のことだよ」

「えっ、この画像のどこでわかるの？　教えてくれよ」

自分がきれいと判断した脳が認知障害と言われては、渡部も捨て置けない。


「井原、この画像のどこが問題なんだ」

渡部の方は、侑市が何を言ってるかがわからない。

「渡部に説明できるような所見はない。僕の直感だ」

「直感ってお前、いい加減なこと言うなよ」

「間違いだったら、いいけどな……じゃ、また改めて」

侑市が立ち去ろうとした時、偶然、画像に記載された患者の名前が目に入った。

そこには〝キタザワナオ〟とあった。

「ウソだろ……」

侑市は尚のMRI画像から、目を離すことができなくなっていた。

真司はアパートにいた。夕方に仕事から戻ると、本棚からホコリをかぶったPCを引っ張り出した。もうずいぶんOSのアップデートもしていないので不安だったが、電源を入れると、ちゃんと起動した。次にワープロソフトを立ち上げ、新規書類を設定する。白く光る画面を前にして、真司は神妙な面持ちになった。再び自分が小説に向かう日が来るとは、正直、思っていなかった。

『今、クリニック出ました』『食べる物、買って行くね』という尚のメールが来てから、ずいぶん経っている気がしたが、あまり気に留めていなかった。先が読めない女だし、と一人苦笑する。

もちろん書き出しはこれだ。

『彼女は、あの頃からいつも急いでいた。まるで何かに追われるように、いつも、いつも走っていた』

その一文が次々と新しいイメージを呼び込む。そしてイメージにシンクロする言葉を拾いながら、文章を紡いでいく。懐かしい感覚だった。真司は書き出しにこう続けた。

『人は誰しも、残りの持ち時間に追われている。そして死に向かって走っている』

真司は時間を忘れて書き続ける。

『だからと言って、そのことを普段は意識しないものだ。でも彼女は違った。生まれた時から、残り少ない持ち時間を知っているかのごとく、全力で走っていた』

カタカタ、カタ、カタカタカタ……キーボードの音はやまなかった。

尚は走っていた。病院を抜け出し、母を振り切り、打算に満ちた結婚から逃れるために。そして忍び寄る得体の知れない体の変化。そのすべてを断ち切るように、全速力で走っていた。

ただひたすらに真司の部屋を目指した。そこだけが、今の尚が足を休められるところ。自分のアンジェリカを受け入れてくれる場所だった。

真司はキーボードを叩き続けた。久しぶりに味わう、作品世界に没入する興奮。まるで愛すべき分身、アンジェリカとダンスを踊っている気分だった。

◆　◆　◆　◆

カチャッという金属音で現実に引き戻された。気がつけば鍵を開け、玄関から尚が入ってくるところだった。

「ごめ～ん、交通事故に遭っちゃって」

「交通事故って……」

尚の腕に貼られた湿布薬が目に入った。

「自転車と激突！」

尚のあっけらかんとした口調と話の内容が、真司の中でうまくつながらない。

「でも脳内出血ないし、骨折ないし、大した外傷もないし、ぜんぜん大丈夫ってことで、遅くなっちゃったけど、おにぎりとお味噌汁買ってきた」

やっと真司の心配が言葉になった。

「ぜんぜん大丈夫って、医者がそう言ってんの？」

「わたしも医者なんだけど」

「あ、そうだけど、産婦人科だよね」

「脳のＭＲＩも、腕と足と肋骨のＸ線写真も、血液検査の値も自分で確認したけど、問題なかったの」

「すっげ〜不死身」

そうは言ったものの、真司の心配はまだ治まらない。

「東京の街を歩いていたら、交通事故に遭う確率は誰だって高いのよ。でも、『砂にまみれたアンジェリカ』の作家に偶然出会える確率は、限りなく低いわ」

真司には答えようがない。

「食べよ、お腹すいちゃった。朝からいろんなことが次々起きて、何も食べてないの」

「劇的な人生だね」（相変わらず）

「真司ほどじゃないと思うけど」

「シンジって……変な感じ……」

真司は初めて呼び捨てにされた。尚が、どこか誇らしげな顔をしている。

おにぎりとインスタント味噌汁だけの、ささやかな夕食が始まった。互いに食べることをすっかり忘れていたせいで、二人の食欲は旺盛だ。6個あったおにぎりは、残り2個となった。

「からあげと、タラマヨ、どっち?」

そんなことを聞くだけでも、尚は楽しそうだった。

「からあげ、かな?」

「じゃ、わたしタラマヨ」

しゃべりながらも、尚の視線は開いている真司のPCに向かっていた。真司もそれに気づいた。画面はスリープ状態になっている。

尚のスマホが、バッグの中でバイブレーションした。しかし彼女はそれを無視する。

「出た方がいいよ」

真司に促されて、尚は覚悟を決めてスマホを取り出した。思った通り侑市からの電話だが、コールは止まってしまった。

尚の硬くなった表情に、真司は何となく相手の見当がついた。母親か、そうでなければ……。

侑市から、今度はメールが来る。

『今、高輪のマンションに戻りました』

真司が立ち上がった。

「俺、コンビニに行ってくるわ」

「いいのに、いても！」

それには答えず、真司は部屋を出ていった。


一人になった尚はとりあえず返信する。

『お帰りなさい』

『怪我、どう？』

『何で知ってるの！』

『今どこ？』

尚が返事に困っていると続けてメールが来た。

『電話してもいい？』

尚は自分から電話することにした。

侑市はすぐに電話に出た。

「お帰りなさい」

「怪我のことは、外科の渡部に聞いたんだよ」

尚は自分の搬送先が、侑市の大学の附属病院だったのを思い出した。

「今から会えないかな？　うちでもいいし、外でもいいよ」

「今日はちょっと……すみません。せっかく早く帰ってきてくれたのに」

「じゃ明日の朝、お互いの仕事の前に会おう」

「わかりました。明日の朝9時に外科外来を予約してるので、その前なら何時でもいいです」

侑市とは早く会ってけじめをつけないといけない。しんどい儀式だが、それなしには前には進めない。

「じゃ、病院のロビーで会おう。7時半はどうかな」

「わかりました……本当にすみません、あの、今回のことは……」

侑市が遮った。

「全部、会ってから話そう」

「はい」

「おやすみ」

電話を切った侑市は、尚と暮らすはずだった部屋を見回した。

元々は自分だけの部屋だったが、本棚には尚の本が何十冊も並んでいる。その中には『砂にまみれたアンジェリカ』もあった。

クローゼットを開ければ尚の服が並んでいるし、引き出しにはパジャマや下着もある。棚にはバッグもある。部屋には彼女の気配が満ちていた。

明日にでも、結婚生活が始まりそうな気がした。しかし、侑市の耳によみがえる尚の声が、それを打ち消す。

『お願いがあるんです。婚約を解消してください。好きな人ができてしまったんです』

それでも心に浮かぶのは、尚の笑顔や、好奇心旺盛なよく動く瞳、スリムでキビキビした身のこなし、ワシントンでの一夜のこと……。

そして、今日見た彼女のＭＲＩ画像だった。


電話を終えた尚は、明日の侑市との約束をぼんやり考えながら、部屋で真司を待っていた。テーブルの上には、スリープ状態の真司のＰＣがある。

戯れにエンターキーを押してみたがロックがかかっていて開けない。

（わたしの知らないところで、いったい何を書いているのだろう……）

尚は真司を迎えに行こうと、部屋を出た。


尚がコンビニに向かって歩き始めると、ほどなく向こう側から真司が現れた。

「何かあったの？」

「なかなか帰ってこないから、交通事故にでも遭ったのかと思って」

「交通事故はそっちでしょ」

「急に不安になっちゃって」

「大げさだな……」

と言いながらも、その表情から、彼女が抱えているものの重さが伝わってきた。

「いろいろ、焦りすぎじゃないの？　だから、交通事故に遭ったりするんだよ」

「行ったり来たりで気持ちが焦ってたかも……だから今日は帰らない。それでいい？」

一転して尚の顔が明るくなった。

「そう来るんだ」

「これから家に帰れば、ママがいろいろ言うし、疲れるんだもん」

「うるさいくらい心配してくれるお母さんって、どんなんだろうな……」

「ごめん、そういう意味じゃ」

「謝ることないよ。親に可愛がられて育った人間の方が信用できるからな。さ、帰ろう」

部屋に向かって二人が歩き始めると、真司が尚の手を取り、指を絡めてつないだ。

初夏の夜風が心地よい。尚は「幸せ！」と言わんばかりに、真司の手をきつく握り返した。明日の侑市との話も、何とかなりそうな気がしていた。

翌朝、7時半ちょうどに、侑市は堂明大学附属病院のロビーに姿を現した。しかし尚の姿はまだない。時間に正確な彼女らしくないと思いつつ、待つこと15分。やっと尚が玄関に現れた。

広いロビーを隔てていても、すぐにお互いに気づいた。しばし見つめ合いながら、二人は心の隔たりが、すでに決定的であることを悟った。

尚は自分の相手がもはや侑市ではないことを。侑市は尚の心が自分にはないことを。

思い切って尚の方から近づいたが、最初に口を開いたのは侑市だった。

「おはよう」

「おはようございます。お帰りなさい」

「今朝、7時半の約束じゃなかった?」

「え……8時じゃ……すみません」

「いや、いいけど。あっちで話そう」

侑市は奥へと歩き始めた。

尚は自分では遅刻した自覚はないが、なにしろ負い目がある。素直に従った。

侑市はまだ人けのない外来診察室に案内した。尚に椅子をすすめ、自分はデスクにつくと、ＰＣに尚のものらしいＭＲＩ画像とカルテを映し出した。

(まるで診察じゃない？)

尚の不審をよそに、侑市が尋ねた。元婚約者というより医師の顔だった。

「この頃、約束を忘れてしまったりすること、よくある？」

「……すみません」

「今朝のことだけじゃなくて……尚は医者だから、気づいていると思うんだけど…」

確かに最近の自分の異常な物忘れは、おかしいとは思っていたが、考えないようにしていた。それよりなぜここで侑市が、そんなことを言うのか。

「何のことですか？」

「例えば、ずっとクリニックに来ている患者さんの名前や存在を忘れちゃったり、買い物したのを忘れて、何度も同じものを買ってしまうとか」

「……」

部屋に積み上がった黒酢はちみつドリンクの段ボール箱。お祝いのケーキを届けてくれた黒田あやという患者。そして合鍵……。

尚は侑市が何をしようとしてるのか、やっと気づいた。だが、思わずこう答えていた。

「思い当たることはないです。この画像に問題があるとは思えないですけど」

侑市はその答えの本意を探るように、しばし尚の顔を見つめた。

「確かにＭＲＩ画像に問題はないよ。僕の経験からくる直感だから、誰にもわからないとは思うんだけど」

誰にもわからない、という言葉に尚が反応する。

「教えてください、わたしだって医者なんですから」

「僕だって間違いであってほしいと思うんだけど、一度安心のために、検査を受けてくれないかな」

侑市はかなりの確信があるのだと、尚は思った。

「……どういう検査のことですか？」

「まずは物忘れ外来でやっているような簡単なテスト。それからファンクションを見る脳の血流テストをやってほしいんだ」

「それはつまり、わたしに若年性アルツハイマー病の疑いがあるってことですか」

「いや、今は、ＭＣＩの疑いだから」

「ＭＣＩ？　何ですかそれ」

「アルツハイマー病の前段階、軽度認知障害のこと」

侑市の口から〝アルツハイマー病〟という言葉が出た。尚はあたりが少し暗くなった気がした。

「軽度のうちに対処すれば、それ以上の進行を防ぐことができるかもしれない。だから、僕は急いでいるんだよ」

侑市の判断では、婚約解消の話し合いよりも急を要する状態らしい。尚は仕方なく受け入れた。

「若年性アルツハイマー病の専門家で、最先端の研究をなさっている侑市さんが、そこまでおっしゃるなら、検査は受けます」

「よかった」

「それとは別に、婚約解消のことは進めてください」

「その話は、またにしよう。それより、今から簡単なテストをやってみてもいいかな」

その頃、仕事が非番だった真司は、朝からPCに向かっていた。まだ尚の横で小説は書きにくい。今のうちに書けるだけ書いておきたかった。

チャイムが鳴った。真司の部屋のチャイムが鳴るのは珍しい。知り合いが訪ねることは皆無だし、安アパートの特権か、セールスはめったに来ない。尚なら鍵を持っている。用心して、まずドアを開けずに中から声をかけた。

「どなたですか?」

「北澤と申します。尚の母です」

来た! と真司は思った。予測はしていなかったが、そろそろ来てもおかしくはない。

真司がドアを開けると、品のいい50代後半と思しき女性が立っていた。

一方、薫は真司を見た瞬間、ハッとした様子で口元に手を当てた。真司はその驚きの理由が手に取るようにわかる。『こんな男なの!』というところだろう。

「間宮真司さんですわよね」

「そうですけど……何でここがわかったんですか」

「調べる気になれば、どこでも調べられるんです」

「……娘さんは今病院に行ってますけど」

「それはわかってます。あなたと二人でお話ししたくて来ましたの。お邪魔してよろしいですか」

「どうぞ」

と真司は言うしかない。


薫は中に入って、居心地が悪そうに座卓の前に座った。真司は部屋の汚さが、今さらながら気になってくる。

「わたしも仕事がありますので、時間がありません。単刀直入にうかがいます。どういうつもりで、うちの娘とつき合っていらっしゃるんですか？」

真司が答えに窮していると、さらに続けた。

「うちの娘は物事を合理的に考えるタイプだったんです。それが狂ったようにあなたに向かってしまって。一体どういう魔法をかけたのかしら」

「魔法って」

思わず噴き出しそうになった。こんな状況でもおかしいことはおかしい。しかし薫の顔は笑っていない。

「何がお望みなの？」

どうしてこの人は答えられない質問ばかりするのかと真司は思った。諦めて、黙って話を聞く。

「あの子のフィアンセは、これからの医学界をリードするような将来のある医師なんですよ。それをぶち壊して、あなたは何をどうなさりたいんですか？」

「……」

「小説家として成功なさったとしても……どう考えたって、娘とあなたは不釣り合いで長続きしないと思うんですよ」

「……」

「結婚は一時の情熱でするものではありません。長い人生を共に暮らすのに、ふさわしい相手とするものだと、わたしは思います。あなたも、おわかりになりますよね」

やっと真司が口をはさめる話題になった。

「俺は、結婚なんて望んだことないです、誰とも」

「あら……」

「娘さんに誘われたから、やりました」

「……!!」

「抱きました、寝ました。それだけです」

「……!!」

今度は薫が黙った。

「結婚やめて俺の方に来いなんて、一度も言ったことないですよ。娘さんが、押しかけてきたんです。あんたが説得しなきゃなんないのは、俺じゃなくて娘さんの方じゃないんですか」

正論だった。薫は不愉快だったが、ぐっとこらえた。

「娘ももちろん、引き続き説得いたします。いたしますけど、これで、どこかにお引っ越ししていただけないかしら」

真司の前に白い封筒が置かれた。

「あなたが消えてしまえば、娘の気持ちも落ち着きます。どうかお願いします。あなたの相手は娘じゃありません。お願いします」

薫は深々と頭を下げた。

（これが母の愛というやつか）

分厚い封筒を前にして、真司はまたも黙るしかなかった。

◆ ◆ ◆ ◆

侑市がテストを始めた。

「これから言う3つの言葉を言ってください。梅、犬、自動車」

尚はこのテストのことは聞いたことがあった。記憶障害を測るものだ。つい数時間前の記憶が抜け落ちるという記憶障害が進むと、目の前で言われた単語や数字を、おうむ返しすることができなくなる。

「梅、犬、自動車」

「後でまた聞きますので、よく覚えておいてくださいね」

「梅、犬、自動車、梅、犬、自動車」

心に刻むように復唱した。

「先行きますよ。100から7を引いてください」

「93」

「93からまた7を引いてください」

「……86」

「では、これから言う数字を、逆から言ってください。6、8、2」

「2、8、6」

「じゃあ、次は4ケタです。3、5、2、9」

「9……、9、2、……9、2……！」

「リラックスしてね。もう1回、言いますよ、3、5、2、9」

「9、2、5、3」

「そうです」

安堵した尚は、知らずに深呼吸をしていた。

「じゃ、さっき覚えてもらった3つの言葉を、もう一度言ってください」

「……!?……!?」

「ひとつは、植物でしたね」

「……」

「乗り物もありましたよ」

（思い出せない！）

尚は自分の記憶をかき回すように探したが、それはどこにも見当たらなかった。

家に戻り、尚は薫にことの顛末を告げた。

「そんな……！」

降って湧いた話に、薫は狼狽した。

「ウソだと思いたいけど、本当なの。侑市さんに、物忘れ検査をされたら、ぜんぜんできなくて……それに血流検査でも、脳の一部の動きが悪いって」

「侑市さん、いつ帰ってらしたの？」

もう尚には答える気力がなかった。

「何から話していいか、わからない……」

「ごめん。ママも混乱しちゃって……侑市さんは、このことを、どう思ってらっしゃるのかしら？」

「もうわたしに未練ないと思う。健康な子供を産めて、母となるに足る知性のある人と結婚したいって言ってた人だもん。結婚前にわかってよかったと思ってるんじゃない？」

「……」

「侑市さんが言うには、ＭＣＩ、つまり認知症の前段階のうちに治療をすれば、進行が止まる人もいるんですって。ＭＣＩと診断されて、10年も普通に仕事している人もいるみたい。でも何もしなければ、５年で40％の人がアルツハイマー病になってしまうんですって」

薫はかすかな望みを感じた。

「進行を止めるお薬があるってことね」

「まさに侑市さんが今研究している薬がそれらしいの。でも効く人も効かない人もいて、決定打にはなっていないみたい。だから、わたしは、だんだんママの顔もわかんなくなるし、自分が誰だかもわからなくなるし、服も自分で着られなくなって……」

くしゃくしゃになった尚の目から涙があふれた。

「そんな一人で決めつけないで。くわしい検査もまだなんだし、自覚症状もないでしょう？」

「自覚症状はあるの」

「えっ！」

「何度も黒酢はちみつドリンク注文しちゃって、ママ、呆れてたじゃない」

薫は娘との以前のやり取りを思い出した。

「患者さんの名前を忘れて、受付の二人に大丈夫ですか、って言われたこともあるし……午後の診察だって、こんなわたしがしていいのかどうか……記憶が欠落するかもしれないわたしが診療することは、患者さんの利益に反することだと思うもん」

薫はやっと事態を受け入れ始めた。

「……そう思うなら、とりあえず今日は休んどきなさい」


尚は体の震えを抑えようと、両腕で自分を抱きかかえた。

「この2週間くらい、今まで感じたことがないくらい生きてるって気がしたのにな……消える前のロウソクみたいなもんだったのかな」

「何言ってるのよ！　万が一、万が一だけど、尚ちゃんがそういう病気なら、ママと二人で生きていこう！　これまで通り、ママがあなたを守るから」

尚は薫に抱きつくと、胸に顔を埋めて子供のように泣き始めた。

「どんな尚ちゃんだって、ママの大事な尚ちゃんだもん。ママは侑市さんより、よくわからない小説家より、ずっと頼もしいから、大丈夫」

こらえようとしても、薫の目からも涙がこぼれていた。

母娘の嗚咽《おえつ》は果てしなく続くかと思えたが、現実の生活があった。尚はまだ死ぬわけではない。

薫は午後の診察のためにクリニックに戻り、尚はPCに向かい、引っ越し業者や廃品回収業者を検索した。侑市のマンションにある自分の荷物を、引き取らねばならない。

『お一人様用、お引越しプラン』

『荷物丸捨てコース』

ストレートなネーミングが心に刺さる。

尚の、若年性アルツハイマー病という爆弾を抱えた生活が、始まろうとしていた。

薫の突然の訪問の後、真司は急に思い立って部屋の窓ガラスを拭き始めた。薫に敗残者のように値踏みされ、今さらながら自分の暮らしの荒《すさ》みように気づいた。
水を絞ったボロきれが、すぐに真っ黒になった。その汚れぶりに唖然とする。

薫が置いていった封筒の近くで、スマホが鳴った。尚からのメールだ。
『今夜そっちに行けなくなってしまいました』
尚が自分から来ないと言ったのは、初めてな気がした。返信する。
『打撲、まだ痛い?』
『起きてる時は、平気』
すぐに真司は返事を送る。
『お大事に』
なんだか尚にしては淡泊なやり取りだった。

スマホをスリープさせると、真司は封筒の中を覗いてみた。中身を引っ張り出すと、百万円の新札の束だった。自分は、母親が百万円払ってでも、娘から追い払いたい男なのだ。百万円で追い払えそうな男なのだ。その通りだと思った。

どんよりとしていると、チーフの木村から電話が入った。

「はい」

「お片づけ隊のおねえちゃんが倒れちゃってよ、助っ人頼めないかな?」

「いいですよ」

こんな時は体を動かすに限る。真司は二つ返事で答えた。

真司は仕事に集中した。お片づけ隊となり、開梱した段ボール箱から、どんどん食器を棚に収納していく。

「早いわね、さすがプロ」

「奥様、調味料類も全部戸棚に収めてよろしいですか」

「そうして」

「かしこまりましたー!」

真司の空元気が、現場に高らかに響く。

作業を終え、真司は木村とともにトラックに乗り込んだ。

「どうなん、その後？」

真司がピンチを救ってくれて、木村は上機嫌だ。

「何のことですか？」

「またまたまたぁ。この前、事務所に来たでしょ、医者で結婚間近な細い女が」

「おかげ様で、酒池肉林です」

「やるね〜。バッドな状況の中でするグッドなセックスは、最高だからな」

「はい、酒の池に肉の林です」

「2回も言うな、バカヤロウ」

木村が派手にハンドルを叩いた。

「木村さんに聞かれたら、そう答えようと思ってたもんで」

「訴えられたりして、会社の名前が出たりしたら、俺も責任取らされるから、そういうのは困るけどさ、どうせなら激しく生きろよ。安定なんか退屈なだけだから。鼻血出しながら生きろ〜！」

「木村さん、今日ちょっと変ですね」(いつものことだが)
「お片づけ隊のねえちゃんたちが、俺の扱いが悪いって、本社に文句言ったんだって。これ以上、どうしろって言うんだよなあ。そこいくとお前はいいよ、電話一本ですぐ来てくれるし……俺もお前のこと、好きになっちゃいそう」
「勘弁してくださいよ」
そう言いながら真司は、自分にささやかな居場所があることを感謝した。

少し息を吹き返した真司は、部屋に戻るとすぐにPCを立ち上げた。忘れないうちに、書き留めたい一節があったのだ。
『ここに越して来て4年、初めて窓ガラスを拭いてみた。4年分の埃をたくわえたガラスを濡れ雑巾でふいていると、生まれ変わったような透明のガラスが少しずつ現れ、背の高い木が、風に揺れているのが見えた。彼女が現れてから、俺の退屈な毎日が少しずつ変わろうとしている』

尚と再会した日の夕方のこと。侑市は高輪のマンションに帰宅した。玄関に女物の靴がある。一瞬、尚かと思い、中に入ると母の千賀子がいた。

「尚ちゃんでなくて、ごめんなさい」

（そうだ、母はまだ知らない）

「帰ってきてるなら、こっちにも連絡してちょうだいよ。お父様もご機嫌ナナメよ」

「今からそっちに行こうと思ってたんだよ」

「調子いいわね。これ見て、披露宴の席次のことなんだけど、お父様が、やっぱり＊＊銀行の頭取をメインテーブルから外すのはマズイって言うのよ。でもメインテーブルもういっぱいいじゃない？　誰を外せばいいと思う？」

千賀子の能天気な声が、侑市を苛立たせた。

「結婚式は中止にするよ」

「えっ！」


事情を説明するため、侑市は千賀子と実家に向かった。婚約解消と尚の病気の件を話すと、父の誠一郎《せいいちろう》がうつむきながら口を開いた。

「気の毒なことだが、仕方がないな」

千賀子が同意する。

「結婚してからわかったら、一生抱え込むことになって、侑ちゃんの人生はムチャクチャでしたわよ。本当にあなたは神の子ね、天に守られているわ」

母親の切り替えの速さに、侑市はため息が出た。

「自分の研究対象の病気に彼女がなったのには、不思議な宿命を感じるけど……」

「宿命だなんて、韓流ドラマみたいなこと言ってる場合じゃないわよ。早く健康でいいお嫁さん探さなきゃ。あなたもよろしくね」

「ん……」

誠一郎が気のない返事をした。


「じゃ、行くね」

侑市が席を立った。

「帰るの？」

「考えたいこともあるから」

「じゃ、ハム持っていきなさい、いただきもののステーキハムがあるから」

千賀子の言葉が、心底、疎ましかった。

尚は再び大学病院で侑市と会い、今後の治療の説明を受けた。

「週末に入院できないかな？　認知症関連の検査を、まとめてした方がいいと思うんだ。それとアミロイドＰＥＴ（陽電子放射断層撮影）も。ＰＥＴは自費になるけど」

「お任せします」

「……投げやりにならないでね」

尚はきっぱりと答えた。

「まだ細かい検査結果も、治療方針も出ていないですから、投げやりにはなりません。希望を持っています」

「それでこそ尚だな」

（まだこの人は、自分を〝尚〟と呼んでいる）

自分から言い出した婚約解消だが、こみ上げるものがあった。

「……先生には本当に感謝しています。先生に出会わなければ、こんなに早く気づけなかったと思いますし」

尚はあえて侑市を〝先生〟と呼んだ。

「……」

「式と披露宴会場は、こちらでキャンセルしておきます。ご両親にも、改めてご挨拶にうかがいます」

侑市は去っていく尚を、黙って見送るしかなかった。


大学病院の受付で会計を待っていると、真司からメールが来た。

『今夜、飯を食いませんか』

『俺らしくないレストランで、ご馳走します』

『行ったことないけど、ネットで調べて予約しました。間宮真司で。7時に待ってます』

店の情報も送られてきた。尚の知った店だった。

尚は、『わかりました』とだけ返した。外を見ると、雨が降り出していた。


夜になり、尚がレストランに入ると、入り口近くの席に真司が座っていた。

尚は引っ越し業者の制服以外で、上着を着ている真司を初めて見た。尚もこの食事のために、いつもよりきちんと化粧をし、少しフォーマルな服を着てきた。

尚はテーブルの真司に微笑みかけた。

「遅れてごめんなさい」

「ううん」

支配人がやって来て尚に挨拶すると、

「どうぞ、奥のお席へ」

「え？　奥の席あるの？」

驚く真司をよそに、支配人が二人を一番いい席にと案内した。

「ウソだろ、奥の席ないって言ったのに……」

尚と支配人の様子に、真司は合点がいった。

「常連さんなんだ……」

「うん、実はよく来るの」

支配人が食前酒を尋ねに来た。

「いつものシェリーにいたしますか？」

「今日はシャンパンかな。いい？」

「どうぞ。でも違う店にすればよかったね、常連さんなら」

「ううん。ここおいしいから、好き。元々は母が好きなんだけど」

真司は母という言葉で思い出した。

「お母さんに会ったよ」

「え？」

「聞いてない？」

「聞いてない、と思うけど……」

（聞いたのかしら）

尚はにわかに不安になる。

「お母さんが、昨日の朝、突然、うちに来たんだ。うちの住所、言った？」

「言ってない……」（それも自信がない）

「百万くれた。これで消えてくれって」

「……失礼な母で、ごめんなさい」

「俺も最初は、なめんじゃねえと思ったんだけど、もらっちゃったんだよね、結局」

「いいんじゃない」

「それでその封筒、一日見てたら、俺、窓ガラス拭きたくなって……拭いてたら、尚さんとずっと一緒にいたいって気持ちが、もりもりっと湧き上がってきて……ちゃんとつき合おうって思ったんだ」

「……」

「たとえ砂漠を歩くことになっても」

シャンパンが来た。グラスを置きながら、支配人が料理の確認をする。

「いつものような感じでよろしいですか？」

よくわからないが、真司が頷く。

「いつもの、ような感じでお願いします」

「承知いたしました」

「いつものって、何が出てくるの？」

それには答えず、尚がグラスを掲げた。

「喉渇いた」

「あ……さっきの続きだけど、砂漠を尚さんと真面目に歩こうと思うんです。乾杯！」

二人はシャンパンを喉に流し込んだ。

「うま〜」

うっとりとした笑顔が真司に浮かんだ。シャンパンは文学賞を取った時以来だ。

「あのさ」

グラスを置くと、尚はさりげなく切り出した。

「……?」

「わたし、やっぱり予定通り結婚しようと思うの」

「……!」

「目が覚めたの」

真司はその言葉と、レストランと、シャンパンと、おしゃれした尚が、にわかには結びつかなかった。

「わたしの幸せは、あなたといることじゃないなって」

「……」

「わかってると思うけど、気まぐれなのよ、わたしって」

「……」

「母が何を言ったかわからないけど、自分の都合ばっかなとこ、似てるでしょ、うちの母とわたし」

「……」

「ここはわたしが払うから、百万は丸ごともらっといて」

「……」

「デザートは、アップルパイにしよう」

アップルパイ、と言った瞬間に尚は泣きそうになった。

「何か、言えない理由があるんだね」

「好きでしょ、アップルパイ。ここのおいしいから」

食事が始まったが、尚は涙をこらえるのに精いっぱいだった。真司は最後の食事を何とか笑顔で終わらせたが、アップルパイ以外は何を食べたのかも覚えていない。


店を出ると、二人は歩き出した。雨はもう上がっていた。

「これ」

尚がバッグから鍵を取り出した。

「せっかく作った合鍵だけど」

「俺はいらない」

尚は一度、鍵を握りしめると、しゃがんで、そっと雨上がりの路上に置いた。

「じゃ、ここでお別れする」

「……」

尚はいつものように走り始めた。しかし真司は足を動かすことができない。道の先でタクシーを止めると、尚は乗り込んでいった。


立ち尽くしながら、真司は思った。

いつもこうだ。いいことは長く続かない。

それでも、どうしても鍵はそのままにはできなかった。拾い上げてポケットに入れると、歩き出した。

尚のいない世界へ。

週末になり、尚は予定通り、侑市の大学病院に検査入院をした。検査の中にはPET検査と呼ばれる、脳の状態を細密に撮影するものもあった。そして2泊3日の入院の後、侑市が尚と薫に結果を説明した。

「頭頂部連合野に一部機能の低下が疑われたので、今回入院していただいたんですが、やはりアミロイドPET検査はポジティブでした」

やっぱり……尚が思った通り、侑市の直感は当たっていた。薫も覚悟していたとはいえ、ショックを受けている。

「診断はMCI。アルツハイマー病の前段階です」

侑市のきっぱりとした口調に、尚が思わず確認する。

「アミロイドβが脳にたまっているということはつまり、ゆくゆくはアルツハイマー病を発症するってことですか」

「確かに将来アルツハイマー病になる可能性は高いです。でも、アミロイドβがたまっている人すべてが、アルツハイマー病になるわけでもありません」

尚は真実が知りたかった。

「でも治療法はないわけですから、運を天に任せろってことですね」

「確実な治療薬は残念ながら今のところありません。ですが、適度な運動、バランスの良い食事、睡眠の確保など、生活習慣を見直すことで軽快する場合もあります」

「適度な運動、バランスの良い食事、睡眠って、それ冗談ですか？　普通の人の健康法と同じじゃないですか」

「そうです。でも、それが一番大事なことなんです」

尚も薫も、いよいよ今の医学では、なす術がないことを悟った。


二人の納得できない顔に侑市が申し出た。

「このまま僕が治療を担当してもいいですし、セカンドオピニオンをご希望でしたら、いつでも資料はお渡しします。別の病院、別の先生を頼られる場合も協力はしますので」

尚はそれ以上、深追いすることをやめた。

「日本で治療するなら、井原先生が第一人者ですから、このままお願いします。セカンドオピニオンもいりません」

「わかりました」

薫が初めて口をはさんだ。

「あの、娘はまだ医師として働いててもよろしいでしょうか？」

「もちろん、その能力は保たれていますので、仕事は続けてください。その方が、認知症の予防にもつながります」

「よかったわ、ね」

自分には予防につながっても、それが自分の患者に良いことなのか、尚は複雑な気分だった。

◆　◆　◆　◆

真司は、元の何もない日常に戻り始めていた。今日の現場は高輪。高輪と聞いて少し心がざわついた。来てみれば、尚の新居があるマンションの隣のビルだった。

相棒の小川も思い出していた。

「ここって、前にも来たことあるっすね」

「はい」

「今日の仕事は隣のビルだから。段ボール下ろせ」

「あ、間宮さんのコレのマンションだ、ここ」

小川が小指を立てて言った。

「……」

真司たちが作業をしていると、侑市のマンションから中年の女が出てきた。

「あら、この前の引っ越し屋さん」

「へ?」

「水漏れの時、いい水道屋さんと内装屋さんを紹介してくださって、助かったわ」

真司が一喝したあの女だった。

「ああ、ども……」

「下の井原さんの奥様っていうかフィアンセ、出ていったわよ、今」

「今……」

「お宅と違うガラの悪い運送屋が、いろんなもの運び出しててね。管理人さんに聞いたら、305の井原さん、結婚やめたんですって」

「……！」

「驚いた？　じゃ、あたし、急ぐんで」

（やっぱり言えない理由があったんだ）

真司は無性に尚に会いたかった。


侑市の部屋から慌ただしく荷物を運び出した夜、尚は例の居酒屋で、一人で飲んでいた。

「今日は一人なんですか」

酒を運んできた店員が尚に声をかけたが、尚は曖昧に微笑むだけだった。

一人では何も起こらない。何しに来たのかもわからないまま、尚は店を出た。ほろ酔いの手つきでスマホを取り出し真司にメールを送ろうとしたが、何とか踏みとどまった。

すると突然、目眩《めまい》が尚を襲った。クラッとして思わずしゃがみ込むと、周りの景色が少し歪んだまま、ゆっくりと回り出す。いつかと同じだった。

救急車のサイレンがどこかで聞こえる。慌てて立ち上がると、救急車のライトが尚の顔を直撃した。


やっと仕事を終え、部屋に帰ってきた真司はベッドに横たわった。疲れた体は、栄養を欲しがるように尚の記憶をたどる。

最初に一緒に飲んだ夜、放物線を描いて飛んできた黒酢はちみつドリンク。

『あんた、うちが行きたかったんは、ここやあらへん』

砂漠を歩けるの？　という真司の問いにキスで答えた尚。

レストランの帰り道、路上に鍵を置いた尚……。

真司が尚にメールしようかと逡巡していると、手にしたスマホが鳴り出した。尚からだった。

「はい！」

「助けて、真司」

尚の声が普通ではなかった。

「どうしたの？」

「助けて！」

「今どこ？」

「わからない」

「何か見えない？」

尚は必死にあたりを見回した。

「……遠くに観覧車が見える……」

「遠くじゃなくて、近くに何かない？」

（近く……近く……）

「近くで、飲んでたの、あの店で」

「わかった。すぐ行くから。そこ動かないで」

真司は夜の通りへ飛び出した。


「真司……早く来て、真司…」

不安でたまらない尚は、フラフラとさまよい歩いていた。

「尚！」

真司は名前を叫んだ。叫ぶほどに会いたい気持ちが募っていく。会えない苛立ちが爆発しそうだった。そして、呆然と立ち尽くしている尚を見つけた。

「どうしたんだ……」

尚の目は虚ろだった。やっとという感じで小さな声で呟く。

「……わたし……病気なの……」

「え？」

「そのうちアルツハイマーになるの」

「え？」

尚がレストランで言えなかった理由が、ただ事ではないことを直感した。真司は混乱しつつも、尚を抱きかかえるようにアパートに連れ帰った。


部屋に着くと、真司はレトルトのスープを二人分温め、ひとつを尚に渡した。

「何にもない部屋だけど、あるんだよ、うちにもこういうの」

「ありがと……」

「これ飲んで、ゆっくり話して」

二人がスープをすする音が響いた。

「……電話かけて、ごめんね……別れたの、忘れちゃったのかな……」

尚の声はまだ少し震えていた。

「……」

「助けてほしいって思った時、真司の顔しか浮かばなかったんだ……」

「よかった、見つけられて」

真司は尚と会えたことの喜びの大きさに、正直とまどっていた。会うだけで、こんなにうれしい人がいることに。

「わたし、若年性アルツハイマー病の前段階の……軽度認知障害なの……だから結婚もやめたし、真司とも別れたの」

「……」

「今はまだ、真司に助けてって言えるけど、5年後、10年後、病状が進めば、電話のかけ方もわかんなくなるし、自分が誰かもわかんなくなるかもしれないし……真司のことも、誰だかわからなくなるかもしれない」

「……」

「驚いたでしょ」

「驚いた。尚が病気で喜んでいる自分に驚いてる」

真司は、混乱しながらも、押し寄せる興奮が止められなかった。

「……？」

「尚が結婚しないことが、うれしい自分に驚いてる」

「言ってることが、わからない……」

「俺には親もいないだろ。金もないし、学歴もないし、資格もないし、将来もない。もう希望も思いっ切りなくしてて。だから、尚が病気だなんて屁でも何でもないよ。尚がガンでも、エイズでも、アルツハイマーでも、心臓病でも、腎臓病でも、糖尿病でも、歯周病でも、中耳炎でも、ものもらいでも、水虫でも、俺は尚と一緒にいたいんだ」

「何言ってんの」

やっと笑みがこぼれた尚を、真司が強く抱きしめた。それはあまりに愛おしく、そして懐かしい感触だった。


夜が更け、疲れたらしく、尚は早々と寝息を立て始めた。

真司はその安らかな寝顔を眺めながらも、これからの困難な未来を思った。

「わたしは何年後かにアルツハイマーになるらしい」と彼女は言った。

それは彼の想像を超えたものになるのだろう。

翌朝、尚は真司を起こさぬよう、そっとベッドを抜け出した。バッグから歯ブラシセットを出して、狭い洗面台に行くと、その汚さにため息をついた。手鏡程度の小さな鏡があるだけで、それも汚れで曇っている。そして歯ブラシを置くところもない狭さとカビ…。

気を取り直して小さな冷蔵庫を開けてみると、卵がある。目玉焼きでも作ろうかと思って、台所の流しの下を探したが、フライパンも鍋もない。

その物音で真司が目を覚ました。

「何してんの？」

「フライパンかお鍋ないかなって思って」

「そんなもんないよ」

「卵、どうやって食べるの？」

「生」

「卵かけご飯？」

「ううん、生卵、そのまんま。でも朝飯は基本、食べないけど」

尚は蛇のように生卵をすする真司を想像し、ゲンナリした。

「前に泊まった時も食べなかったっけ？」（思い出そうとするが自信がない）

「最初に泊まった日は、鍵作って、すぐ仕事に行ったよ」

「あ、そうだ」（これは覚えている）

「2回目は、起きたらすぐ病院に行ったでしょ」

それは思い出せなかった。


部屋を見回しながら尚が言う。

「わたしたち、これから一緒に暮らすのよね」

「うん」

「ここってお家賃いくら？」

「6万」

「15万くらいのところに引っ越さない？」

「えっ」

いきなり現実的な話が始まって、真司は面食らった。

「コンロひとつしかないから、お湯沸かしながら目玉焼きとか作れないし、鏡ないし」

「鏡あるよ」

「小さくて汚くて映らないもん」

洗面台の鏡の様子を見ると、さすがに反論できない。

「ウォシュレットもないし、お風呂狭くてカビだらけだし」

「婚約してたお医者さんが住んでるような、ラグジュアリーなマンションは無理だよ」

「ラグジュアリーでなくてもいい。真司とずっと一緒にいたい。だけど最低はイヤ」

「最低か、ここ……」

容赦ない言われっぷりに、真司は改めて部屋を見回した。

「わたしもお金出す」

「そんな」

「ママにもらった百万で、とりあえず部屋探そうか」

「ダメだよ。尚ちゃんの前から姿を消さないことにしたから、返さないと」

「じゃ、わたしが貯金おろしてくるよ。５千万くらいはあるし」

金額にも驚いたが、急展開する話に真司はついていくのがやっとだ。

「わたしには時間がないんだもん。幸せを感じることができるうちに、楽しく暮らしたいの」

「そうだけど、尚ちゃんのお金は、自分のためにとっておかないと。これから治療にどれだけお金がかかるかわかんないだろ」

「クリニックのローンももうすぐ終わるし、お金のことは、ぜんぜん大丈夫なんだけど」

「……‼」

真司はため息交じりに、思わず小説風に独白した。

『記憶が欠落していくかもしれないという刹那を生きながらも、贅沢な女は、どこまでも贅沢なのだった』


その日、真司は尚に連れられて、KITAレディースクリニックにやって来た。きちんとつき合うと決めた以上、薫とこれからの生活について話をしないわけにはいかない。

「ここ」

奥へと入っていく尚をよそに、真司は自宅兼クリニックのビルを見上げた。洒落ている上に想像以上の威容に気圧《けお》される。薫との再対面が思いやられた。

二人をリビングに通すと、薫は単刀直入に切り出した。

「本当に何もかも承知の上で、一緒にいてくれるの?」

「はい」

前とは違い、真司は力強く答えた。

「それなら、二人でここに引っ越していらっしゃい」

「え!」

二人から声が出た。

「あんなカビが生えたようなアパートで、暮らせないでしょう」

親子から同じことを言われて、いきなり真司は出鼻をくじかれる。

「ママと一緒じゃつまんない」

「つまるとか、つまらないの問題じゃないでしょう。住環境や食生活が激変するのは、病気のためにも、良くないと思うけど」

「そうなんですか」

病気を持ち出されると、真司はますます弱い。

「ママは産婦人科医だから、わかんないわよ」

薫は真司をまっすぐ見ると、強い口調で言った。

「わたしはこの子に苦労させたくないんです」

迫力がさらに増す。

「健康だって苦労させたくないのに、病気なんですよ。少しでも良い環境と思うのは、当然でしょう」

「それは、そう思います」

「じゃ、わたしがお金は出すから、近くにマンション探しましょ。あっ、あそこがいいわよ、駅の向こうにできた低層の」

「あそこ、わたしもいいと思ってたんだ」

尚がすかさず同意する。これが親子かと、真司は素直に感心した。

「ママもこの前は気が動転してて、いろいろ質問できなかったけど、今度、日常の暮らしについて、井原先生にもくわしくうかがってみましょうね」

「井原先生……?」

真司が尚の方を見る。

「主治医の先生。言ってないの?」

尚が黙って頷いた。

「あなたは不愉快かもしれませんけど、この子が婚約していた人は、今はこの子の主治医で、若年性アルツハイマー病の権威なの」

「……」

「日本で治療するなら、堂明大学の井原侑市先生以上の先生はいないんですよ」

「……」

「あなたも、そこは割り切ってくださいね」

井原侑市……尚の元婚約者にして主治医。真司は心の中で、その名を繰り返した。

仕事のある真司は、尚を残してクリニックを出た。しかしその前に、堂明大学附属病院へと足を向けた。〝彼〟の姿を、ひと目でも見ておきたかったのだ。

精神科のフロアーへ行き、外来医師のスケジュール表で井原侑市の名前を探す。すると近くにいた看護師が声を上げた。

「井原先生」

真司は声の先に目を向けた。

「教授からお電話です」

「今から教授室に行くって言っといて」

返答した長身の医師は30代後半に見えた。文字通り真っ白な白衣を翻し、颯爽と歩いていく。真司はじっとそれを目で追う。真司の視線を感じたのか、医師が振り返った。わずかな間だったが、二人の目が合った。

真司は踵《きびす》を返すと、出口に向かった。あの男なら、確かに尚とお似合いな気がした。


アパートに戻った真司は、仕事に出かける前に貯金通帳を開いた。もうすぐ家賃の引き落としがあるのを思い出したのだ。

残高は12万円。家賃には十分だが……。薫が以前に提示した手切れ金の額が、妥当に思えた。そして、先ほど見かけたエリート医師、井原侑市の顔が浮かんだ。


営業所に着くと、木村と小川が、勤務のシフト表を前に話し込んでいた。

「そういうこと、もっと早く言えよな」

うんざりしたように、木村がシフト表の上に鉛筆を放り投げた。

「突然決まったんで、すみません」

「小川が彼女の田舎に挨拶に行くんで、明日の現場、誰か入ってくんねえかな」

木村が大声で周囲に声をかけると、真司がすぐに応じた。

「ハイッ！　俺、やります！　これからそういうの全部、俺が引き受けるんで、どんどん言って、みんな」

「やる気出しちゃって、どうしたのよ」

　真司が照れ臭そうに小指を立てる。

「コレに金がかかるもんで、へへへ」

「コレには、フラれちゃったんじゃないの？」

　尚に一度別れを告げられた後、木村だけにはそのことをしゃべっていた。この男には人に口を滑らせる、妙な力があった。

「それが、なぜか戻ってきまして」

「肉食女め、やりたい放題だな」

「そうなんです。それでもって贅沢なんですよ」

「贅沢なの！　そりゃあダメだわ。贅沢女だけは嫁にすんなって、田舎のばあちゃんの遺言だから」

「木村さんは木村さん、俺は俺ですから」

「あっそ。じゃシフトどんどん入れてやっから、血尿出るまで働きな」

「お願いします！」

その夜、仕事を終えて部屋に戻ると、真司は猛然と部屋の掃除を始めた。まるで何かにとり憑かれたように。

全身、泡まみれになりながら、まず風呂場を磨き上げた。次に台所。流しもピカピカになると、さらに部屋中を掃除し、きれいに整頓した。そこに尚が帰ってきた。

「ただいま」

「お帰り」

「おみやげ。ママがお寿司持っていきなさいって、取ってくれたの。特上3人前と、太巻きだよ」

「そんなにたくさん」

「1人前なんかちょびっとだもん」

「あ、そうなの？」

真司には高級寿司の分量感がわからない。

「お茶もないと思ったから、うちからお茶っぱと急須持ってきた。あ、ピカピカ！」

台所の変貌ぶりにやっと尚が気づいた。

「風呂も一応ピカピカだよ」

尚が風呂を覗きに行き、向こうから声が聞こえた。

「ピッカピカ〜」

得意げな真司だったが、風呂場から戻った尚が言う。

「でも狭〜い」

(それはどうにもならないよ)

真司の頑張りは、それほど報われなかったようだ。


尚がお茶を入れ、二人は寿司を食べ始めた。

「うま〜！　ウニ、初めて食べた」

トロリとした食感とほのかな甘さに、真司が素直に感動する。

「うまいもの食べて育ったんだね」

「これから一緒においしいもの食べよ」

「金のかからないうまいものね」

真司は木村のばあちゃんの遺言を思い出す。

「うん、あ、これ……代官山の駅の向こうのマンション」

尚が差し出したスマホの画面には、1LDK、家賃20万、管理費3万。駅まで1分とある。

「家賃20万……」

「これより広いと30万になっちゃうから、この物件にとりあえずエントリーしといた」

「エントリー……」

「明日見に行かない？」

真司は詰め込んだシフト表が頭に浮かんだ。

「明日はちょっと、明後日もちょっとな……」

「いつならいいの？」

「えっと、金曜日の夜かな」

「じゃ金曜の夜で、予約しとくね」

「……」

真司は、寿司の味がだんだんわからなくなってきた。

真司のノリがあまり良くないので、尚が話題を変えた。

「……この頃、小説書いてるでしょ。わたし、気づいてたんだ」

「思いついたこと、メモしてる程度だよ。でも、たとえ新しい作品が書けたとしても、それがお金になるかどうかはわかんないし……」

いちいち金に結びつける自分が、情けなかった。

「真司には才能があるもん。新しい小説が芥川賞取って、大ベストセラーになって、印税が何億か入ってくるまで、お金はわたしが出すから。まだ当分大丈夫そうだし。だから頑張って」

「じゃ、ま、そういう感じでお願いするしかないかな」

真司はおどけながら、そう答えておいた。


ピカピカになった風呂で入浴を済ませると明かりを消し、二人はベッドに入った。

「ねえ……何か質問して」

「え？」

「わたしの記憶が、ちゃんとしているかどうか知りたいの」

「そんなの病院でやればいいよ」

「病院の先生じゃなくて、真司に聞いてほしいの」

「……」

「お願い、何か聞いて。ネットバンキングの本人確認みたいな質問でいいから」

「ん～じゃ……好きな小説の題名は？」

「砂にまみれたアンジェリカ！」

尚が自信たっぷりに答えた。

「これは忘れないな」

「それから？」

「え、まだ聞くの？」

「本人確認、３つくらい質問するでしょ」

真司はそれらしいものを考えた。

「お母さんの旧姓は？」

「ミシマ」

「俺が捨てられてた神社の名前は？」

「え、それ……覚えてない」

尚の顔が曇った。

「松代神社」

「あ、そうだ、松代神社！　松代神社、松代神社、松代神社、好きな小説、ママの旧姓、真司が捨てられてた神社、その３つが言えなくなったら、別れよう」


暗闇の中、少し長い沈黙があった。

「別れないよ」

あっさり別れると言ったことが、真司の気に障った。

「このまま、アルツハイマー病に移行しなかったら別れない」

「どうなっても別れないよ」

すると尚が真司の横顔を見つめて言った。

「わたしの頭の中に鍵をかけて、記憶の砂がこぼれ落ちないようにして」

真司は体を起こして尚に覆いかぶさると、彼女の頭を両手で包み込んだ。そして何かを念じながら、一瞬、指先に力を込めた。

「かけた」

「ホントにかかった?」

「かかったよ」

真司は真上から尚の目を見つめ、優しく微笑んだ。

「ありがと」

「おやすみ」

「おやすみ」

真司は尚から体を戻し、目を閉じた。

「プッ」

横で尚が噴き出した。

「……？　何かおかしい？」

「何か真司、カッコイイ人みたい」

尚は真司の肩に額を押しつけると、声を立てずにヒクヒクと笑った。

次の金曜日。まだ朝6時だが、真司はパソコンを抱えて出かけようとしていた。尚が物音で目を覚ます。


「もう出かけるの？」

「ファミレスとかお店で書くから」

「わたしがいると書けないの？」

「俺、外で書くの好きなんだ。じゃ、行ってきます」

「今夜7時にマンションの見学だから」

「わかってる。じゃね」

「……いってらっしゃい」


真司は血尿を出す勢いでバリバリと働いていた。この日もまっすぐ営業所に向かうと、ＰＣはロッカーに放り込み、素早くユニフォームに着替えた。

引っ越し現場では、慣れた手つきで重たい荷物を一人で運ぶ。その手際に驚いている客が、声をかけた。

「スゴイですね、今日、何軒目ですか?」

「3軒目で~す」

「頑張りますね」

「コレが贅沢なもんで」

目配せしながら、真司は小指を立てた。客がポカンとしている。

何とかマンションの下見に間に合うように仕事を終わらせ、真司は営業所に戻ってきた。木村が事務所にいる。

「おお、間宮、血尿出てるか?」

「出てま~す」

「ホントかよ」

「ウソで~す」

そこに小川が入ってきた。

「間宮さん、働きすぎで、ちょっとハイになってんすよ」

「コレが贅沢なもんで、へへへ」

相変わらず小指を立てる真司。

「金のかかる女って、案外いいもんなんだよな」

「そうなんですよ、木村さん」

小川が不思議そうな顔をしている。

「贅沢女だけは嫁にすんなって、田舎のばあちゃんの遺言じゃなかったんすか?」

「そうなんだけど、違うんだよな」とニヤニヤ顔の木村。

「へへへへへ」

疲れてはいたが、真司はこの時はまだ、笑う余裕が残っていた。


息を弾ませながら、真司は5分ほど遅れて代官山のマンション前に着いた。しかし待っていたのは不動産業者だけで、尚の姿はない。何かあったかと思い、電話する。

買い物をしていた尚は、すぐに出た。

「はい」

「今どこ?」

「スーパー」

その声の様子で、真司はすべてを悟った。

「あ、そうかそうか、じゃ俺も、もうすぐ帰るから」

「……？」

何か腑に落ちない尚は、スマホのスケジュールアプリを開いた。マンション見学の予定が入っている。抜け落ちていた記憶が目の前につきつけられた。

（やっちゃった……）

一瞬呆然とした尚だったが、気を取り直そうと、お守りのように呪文を唱えた。

「好きな小説、砂にまみれたアンジェリカ。母の旧姓、ミシマ。真司が捨てられていた神社、松代神社……」


尚は改めて見に来るということにして、真司は仕方なく、マンションの下見を一人で済ませた。帰る前に、不動産業者にお客様情報シートへの記入を求められた。

職業の欄では、アルバイトにチェックを入れる。年収の欄に３００万と書いた。横で見ていた不動産業者が、言いにくそうに尋ねた。

「……あの、お家賃は、北澤尚先生がお支払いになるということでしょうか？」

「いえ……はい」

逃げるようにマンションを後にした。

真司が部屋に帰ってくると、ドアに尚の鍵がささったままだった。

「……！」

音を立てぬようにそっと鍵を抜き、ドアを開けると明るく言った。

「ただいま！」

しかし返事は返ってこない。薄暗い部屋でスーパーの袋を置いたまま、尚が茫然と座っていた。真司は何事もなかったように声をかけた。

「どうしたの？」

「約束忘れちゃって、ごめんなさい」

「いいよ、また、行こう」

「うん……早くしないとね……どんどん時間が過ぎていっちゃう……」

真司は、買い物袋から、フライパンの柄が飛び出しているのに気づいた。

「フライパン買ったの！」

「……」

真司は冷蔵庫から卵を取り出した。

「よし、今度こそ、目玉焼き作るか。大丈夫かな、賞味期限、切れてるけど、まいっか」

尚は座り込んだままだ。

「元気出せよ」

「……」

真司はそばにしゃがみ込むと、尚の手を取って自分のホクロに持っていった。

「押してみて」

尚が押すと、変顔をしてみせる。やっと笑みが浮かんだ。

真司は尚をそっと抱き寄せた。

●
●
●
●

数日後の堂明大学附属病院・精神科医局。准教授の侑市に、秘書が近づいてきた。

「井原先生、間宮さんという方が、ご面会だそうです」

「マミヤさん？」

「ご存じないですか？　北澤尚さんのことでお話があるとおっしゃってるそうですが」

心当たりはなかったが、尚の名前を出されれば、会わないわけにはいかない。

ロビーのベンチで待っていると、自分と同い年くらいの男が現れた。どこかで見たような気がした。侑市はわけありな雰囲気を察して、人けの少ない屋上へと案内した。

「間宮真司と言います。侑市はわけありな雰囲気を察して、すみません」


颯爽とした侑市を前に、真司は硬くなっていた。

「何かご用でしょうか」

「北澤尚さんの病気のことで、うかがいたいことがあって」

「どういう患者さんが、うちの病院にかかっておられるかは、お答えできません」

侑市の事務的な口調が、真司をますます緊張させる。

「北澤尚さんと、一緒に生きていこうと思っています。それに、尚さんからも、尚さんのお母さんからも、堂明大学の井原先生が主治医だって聞いてます。アルツハイマーの研究では世界的権威なんだということも聞きました」

（この男が尚の相手か！）

侑市は真司の顔をまじまじと見た。

「この頃、鍵をさしたまま忘れていたり、約束を覚えてなかったり、いろいろあるんで、今はどんな状態で、どういう治療をしているのか、俺も知らないといけないと思って」

「正式なご主人ですか？」

「いいえ……」

「ご家族でなければ、お話しできません」

事務的な口調は変わらない。

「だから、これから家族になるつもりでいるんです。あ、それに、内縁の夫ってのがあるでしょう？　何十年も一緒に暮らしている内縁関係の夫婦というのもあると思うんですけど」

「間宮さんは、それには当てはまりませんよね」

屋上を吹く風が侑市の髪を揺らしたが、表情は微動だにしない。

「……自分としては、今のアパートで暮らしたいと思うんですが、そこは質素な部屋なので、もし尚さんにとって、居住環境が突然変化すると、病気に悪影響があるなら、考えないとならないなって思うんですけど、そのことだけでも教えてもらえませんか」

「お答えできません」

「そんな堅いこと言わないで、教えてくれてもいいじゃないですか。先生にとっても、大切な患者ではあるわけでしょう、北澤尚さんは」

「大切な患者さんだからこそ、守秘義務はまっとうしなければなりません」

短い沈黙が流れてから、侑市が冷たく言い放った。

「正式に結婚されたら、いかがですか?」

「……」

「他に何か?」

「……」

「失礼します」

去っていく侑市の背中を見ながら、真司は言いようのない敗北感に襲われていた。

久しぶりに実家に顔を出した侑市の前に、千賀子は見合い写真と履歴書を3組分置いた。父の誠一郎は留守だった。

「お嫁さん候補、３人」

「こんな短期間に、３人も見つけたの」

侑市のこととなると、この母親は手回しが良い。

「半年前にいただいてた写真なんだけど、聞いてみたら、どのお嬢さんもまだ決まってないって言うから」

「ふ〜ん……」

「ママは、このお嬢さんがいいと思うのよ」

差し出された写真には、ポッチャリめの女性が笑顔を見せていた。

「太ってるね」

「健康的でいいじゃない。ママ、もう痩せた人イヤ」

「全部会うよ」

「あらそう」

「1日で3人会えないかな」

侑市は、見合いで休みを3日も潰したくなかった。

「患者さん診るわけじゃないんだから、1日3人は無理よ」

「そうかな」

「ランチの人、お茶の人、遅めのディナーの人で1日3人いけるかしら」

千賀子は侑市の気が変わらないうちにと、算段を始めていた。

「それで頼むよ。相対的に見た方が、わかるから」

「わかったわ、今度の日曜で設定してみましょう」

「よろしく」

ひと仕事終えた気分で、侑市は実家を後にした。


KITAレディースクリニックでは、新しい体制で診療が始まっていた。患者を診るのは薫だけとなり、尚はひとまず診察を休止して、助手としてカルテの打ち込みなどをしている。

薫は病気の予防のためにも、診察を続行することを望んだが、それは患者を第一に考える、尚の医師としてのプライドが許さなかった。尚がスタッフに入った関係で、人余りとなったミルは、他のクリニックに移ってもらった。受付は柚香一人である。

一見、クリニックは平穏に見えたが、尚の記憶のほころびは、少しずつ目立ち始めていた。ついさっき、目の前で診察室から送り出した患者を、「～さん、まだ来ないわね」などと言い出す。そのたびに柚香との間に漂う、気まずい沈黙。

忘れた頃に、病魔は尚の顔をなでていった。

尚はもう柚香には隠せないと思い、ある日、近くのカフェに誘うと打ち明けた。

柚香は突然の告白に、ショックを隠せなかった。

「井原先生がそんなこと言ったなんて」

「MCIって言うんだけど、軽度認知障害なの。わたしの患者さんには、いつか本当のことを言わないとならないと思うんだけど、当分は、体調不良ってことにしておいて」

「わかった。尚のために、何だってするから」

「……」

「子供抱えて仕事のないわたしを、KITAレディースクリニックに雇ってくれて、今も本当に感謝してる。だから今度は、わたしが尚の役に立てるように頑張るわ」

尚は曖昧に頷いたが、柚香の気持ちは素直にうれしかった。

「ひとつ聞いていい？」

柚香がコーヒーをひと口飲むと、話題を変えた。

「何？」

「井原先生は、尚のこと、今、どう思ってんだろう」

「わたしのことは、もうどうでもいいと思う。あの人は、愛とか恋とかじゃなくて、より良き伴侶が必要なだけだもん」

「どうかな？　人って、そんな風に割り切れるものなのかな？」

「……」


真司の久しぶりの休日。二人はオクトーバー・フェストにやって来ていた。ドイツビールと食品の祭典である。カウンターには、普段見ることのないビールが、樽に入って並んでいる。昼だというのに、ビールの注文は途切れることがない。

「うぉ〜、重いよ」

ひと口飲んで、真司はそのズシンとくる飲み応えに驚いた。

「これアルコール度8パーセントあるの、ビールにしちゃスゴくない？」

「飲みすぎるなよ」

「乾杯！」

尚の声で、二人はジョッキを掲げた。

真司が途中でひと息つくと、横では尚がまだ飲み続けている。

「……おお！」

一気にジョッキが空になった。

「おいし〜」

真司は自分の生活力のなさも、侑市を前にして感じたみじめさも、すべて振り払うかのようにはしゃいでいた。ドイツ民族音楽の生演奏が始まると、尚をフロアーに引っ張り出して踊り始める。しかし見ると、尚は踊りながら、なぜか泣いていた。

「……」

真司は気づかないふりをしながらも、尚の涙をこぼす気持ちが痛いほどわかった。

（幸せすぎて怖いんだ……俺の劣等感なんて小さい……）

真司は尚を抱き寄せると、さらに踊り続けた。

その頃、侑市はホテルのティールームにいた。今日の1番目のお見合い相手と、ランチをともにしている。あまり食の進まない相手を、侑市が気遣った。

「お肉はお嫌いですか？」

「いいえ、おいしいんですけど……泣いてる鹿……思い出しちゃって」

「……？」

「この前、テレビで、フランス料理のシェフが鹿を撃ちに行くとこやってて、撃たれた鹿が、涙を流して死んでいったんです、こんな小さな目から……」

それ以上は言えないとばかりの様子に、侑市は呆れた。

「何で今、思い出したのかわかんないんですけど……急にかわいそうになっちゃって」

見れば本当に涙ぐんでいる。

「魚だったらよかったですかね？」

「すみません」

女がハンカチで涙を拭き始めるのを見て、侑市も食欲を失っていた。

一方、オクトーバー・フェストでは、尚が歓声を上げていた。

「お肉大好き！」

串焼きの肉を豪快に頬張ると、さらにひと声発した。

「お肉、最高！」


美術館で、侑市のその日の2番目の見合いが始まった。千賀子イチ押しのポッチャリである。体形もそうだが、腰近くまであるロングヘアーが気になった。

興味深そうに絵を見ている女を、侑市はつい、じっくりと眺めた。ワンピースのウエストが窮屈そうだ。肩と背中には厚みを感じた。

（太ってるな～）

侑市の脳裏に、痩せてスタイルのいい尚が浮かんで消えたが、すぐに自分のはしたなさを恥じる。突然、女が振り向いた。

「先生、今、違う女性のこと、考えてらしたでしょ」

「……！」

「わたし、霊感があるんです」

「（霊感）……！」

「でも体重が減っても、髪を切っても、霊感が衰えてしまうので、痩せられないんです」

「……」

侑市は、早々に3番目に向かうことにした。

3番目の見合いはレストランでの食事だった。少々おとなしすぎる気がしたが、今度は比較的まともそうだ。料理が運ばれると、女がささやくような声で言った。

「……写真撮っていいですか？……」

「は？」

侑市はにわかには聞き取れない。

「……写真……」

相変わらず声が小さい。

「え？　今、何て」

「……インスタです……」

「あの、もう少し大きな声で話していただけませんか」

女は、やはり小さな声で「はい」と言ったが、侑市にはそれも聞き取れない。

「……？？？」

するとと同意を得たと思ったのか、スマホを出して料理を撮り始めた。

「……」

写真の構図をあれこれと思案している女をよそに、侑市は尚のことを思い出していた。

かつてワシントンを訪れた尚を、侑市は寿司屋に案内した。

尚は出された寿司を、次々に平らげていく。侑市はその気持ちいいほどの食べっぷりに、思わず頬が緩んだ。すると不意に尚の手が止まった。

「あ」

「どうしたんですか？」

「ボストンの本マグロ、写真撮ればよかった。あんまりおいしくて、忘れて食べちゃった」

その心底、残念そうな顔が、侑市には可愛くてたまらなかった。

「明日帰る前に、また食べますか」

「食べます！」

侑市が現実の世界に戻ると、女は身を乗り出し、真上から料理の写真を撮っていた。

「……」

少しずつ大きくなる尚の面影。それは彼を、甘く、そして憂鬱な気分にさせた。


オクトーバー・フェストの翌朝、尚と真司、二人の朝食はフェストで買ったソーセージと、目玉焼きだった。皿の上で艶やかに輝き、食欲を誘う。真司が思わず幸福感丸出しに言った。

「豪華な朝ごはんだね」

「野菜が足りないけど、ま、いいか」

「俺はいいけど、尚ちゃんはバランスのいい食事が大事なんだろ」

「そうだっけ？」

「……お母さんが、そう言ってたような気がするけど、違ったかな」

「アレ聞いて、アレ」

話が記憶の曖昧さに及ぶと、尚は最近、すぐにこれを始める。

「アレ？　あ、アレ。好きな小説は何ですか？」

「砂にまみれたアンジェリカ」

「次、何だっけ？　俺の方がヤバイな。あ、そうだ、お母さんの旧姓は？」

「ミシマ」

「俺が捨てられてた神社は？」

「松代神社」

「ヤッホー」

朝から二人のハイタッチが決まった。

真司は、何だか、このまま尚の病気が治りそうな気さえしていた。

◆　◆　◆　◆

尚は堂明大学附属病院に、定期検診に来ていた。

精神科の外来に向かって歩いていくと、身なりのいい老婦人がやって来て、尚の近くでよろけた。思わず駆け寄り声をかける。

「あ！　大丈夫ですか？」

「追われているんです、助けてください」

「へ？」

「わたしはさらわれてきたんです。これから売られて殺される」

「……？」

尚が困っていると、老婦人の息子らしき男と看護師が走ってきた。

「お母さん、待っててって言っただろ」

看護師も声をかける。

「三並《みなみ》さん、大丈夫ですよ」

尚は、この老婦人は認知症だとわかった。

「助けて。この人たちは悪い人たちなの」

「すみません」

息子らしき男は頭を下げると、老婦人を引きずるように連れていった。

「……」

尚は自分の行く末を見るような思いがした。


侑市の診察が始まった。

「野菜の名前を、思いつくだけ言ってみましょう」

「トマト、レタス、ピーマン……ピーマン、タマネギ……ニンジン、ナス……」

尚はあまり思いつけない自分がもどかしい。

「冷蔵庫の中を思い出してみましょうか」

それには答えず、尚が遠くを見るような目で言った。

「……さっき会った人みたいになるんですよね、わたし」

「……?　さっき、誰に会いましたか?」

「息子さんのこともわからなくて、自分はさらわれて殺されるって言ってる人がいました。わたしに助けてって」

「あの患者さんは」

尚が侑市の言葉を遮った。

「10年もかけてジワジワ、右肩下がりになって、あの人みたいになるなんて、耐えられない。この頃、わたし……すごく楽しいことがあると、逆にすごく悲しくなってしまって……このまま死んでしまいたくなるんです。病気が進行するより前に、心が壊れてしまうんじゃないかとも思います。こんな思いするなら、余命3カ月と言われた方が、ずっと楽。もう生きてるのがイヤだって思ったら、先生、殺してくれますか」

侑市は、病気の進行よりも尚のメンタルが危ういことに気づいた。

「……あなたも医師でしょう。そんなことを言うものではないですよ」

「先生にはわからない。これまで生きてきたこと、学んできたことが、指からどんどんこぼれていく感じ……」

「他の人より、わかると思いますけど……僕も、長年この病気に向かい合ってますから」

そう言いながらも、侑市は自分の言葉に力がないことは、痛いほどわかった。

「ごめんなさい、わがまま言って」

「いいえ、お話を聞くのが、僕の仕事でもあります。遠慮しないでください。ちょっと、最先端の治療について、話しましょうか」

「それは、先生のご研究ですか」

「僕がワシントン中央医科大で研究していた薬が、間もなく、製薬会社と組んで、治験に入ります。以前はアルツハイマー病になってから投薬をしたんで、結果が出なかったんですけど、今度の薬は、アルツハイマー病の前段階のMCIが対象なんです」

自分が対象であることを知り、尚はわらにもすがりたい思いがした。

「どういう作用の薬なんですか」

「アミロイドβタンパクの沈着を防ぐ薬です。副作用もなく、第2相の結果でも効果は出ています。今決めることはありませんが、そういう選択肢のことも、一緒に考えてゆきましょう」

「はい……」

「希望を捨てたら病気に負けてしまいますよ。あなたらしくポジティブでいてください」

「わたしらしく……?」

「出会った頃みたいに」

「……」

「不安になったら、いつでも携帯を鳴らしてください」

尚はその言葉に医師以上のものを感じた。彼の思いやりの深さに、勇気づけられた。

じっと尚を見つめる侑市の眼差しは、どこまでも温かい。


真司は相変わらず、猛烈な勢いで働いていた。そうやって働くことで、かろうじて自分のプライドを保っていたのかもしれない。時おりフラリとすることもあったが、何とか乗り切っていた。しかし突然訪れたまさかの大恋愛に、アドレナリンが出すぎていることに、彼は気づいていなかった。40歳の体力も、過信していた。

その日の真司と尚のメールは、こんなやり取りだった。

尚　『今日も遅いの？』

真司『遅いよ』

尚　『夜、どこで書いてるの？』

真司『ナイショ』

何とか一日の仕事をやり終え、疲労困憊の真司はトラックで営業所に戻る。ハンドルを握っているのは、途中の現場から合流した小川だった。

疲れ切って助手席で寝ていた真司の顔が、急に歪んだ。

「腹が痛い」

「止めますか。トイレ行きます？」

前を向いたまま、小川が聞いた。

真司は身をかがめて唸った。

「うっ……痛て――っ！」

小川が慌ててトラックを止めた。

「救急車呼びますか」

「その辺に病院ないの？」

急ぎスマホで検索すると、一番近い病院へと向かった。


運び込まれた病院で、真司はますます強くなる痛みに呻《うめ》いていた。

付き添っている小川は途方にくれるが、ひとまず営業所の木村に電話する。

電話からただならない様子を感じた木村は、万一を考えてすぐに命じた。

「死にそうなら、女に連絡してやれ」

「女って」

「あいつの携帯見ろよ、見たらわかんだろ」

「でも暗証番号、わかんないです」

「あいつの指つかんで、指紋認証すんだよ」

「え～、そんなこと」

「やれ！」

「そんな、死なないと思いますけど」

小川はオロオロするばかりだった。

しばらくして処置を終えた医師が出てきて、小川に言った。

「間宮さんの会社の方ですね」

「はい」

「鎮痛剤を打ったので、今は眠っておられます。尿管結石ですね」

「は？」

小川には、にわかに病状がのみ込めない。

「原因は恐らく疲労や水分不足、日頃の食生活でしょう。今夜は入院していただいて、様子を見ようと思いますが、よろしいですか」

「いいと思いますけど、あの、命に別状は……」

「熱が出ると心配ですが、今のところは大丈夫です」

小川が病室に入ると、真司は眠っていた。そっと近づくと、真司の上着からスマホを取り出し、眠っている真司の親指を当てる。うまくロックは解除され、すぐに尚との通信履歴は見つかった。


尚はすっぽかしたマンションの下見に一人で行っていたが、小川の電話を受けて病室に駆けつけた。制服を見て、すぐに小川が同僚とわかった。

「北澤尚と言います。お世話おかけしました」

「い、いいえ」

尚に深々と頭を下げられ、小川はいたく恐縮した。

「待っていただいて、すみませんでした。本当に、ありがとうございました」

「い、いいえ。でもあの、間宮さん、いつもの3倍もシフト入れて、頑張ってましたよ。じゃ俺、これで」

真司はまだ眠っている。尚は心配しながらも、医者らしく冷静に、病状を観察していた。

様子を見ようと脈をとると、真司がゆっくり目を開けた。そして脈をとっている尚の手を、弱く握り返した。

「俺が倒れちゃ、しょうがないな……」

真司が体を起こそうとするので、尚は慌てて止めた。

「寝てて」

「もう大丈夫だよ」

構わずに上体を持ち上げる。

「……小説書いてたんじゃなかったのね……」

「……小説書いてるふりして、バイト3倍に増やしても、大した金にならないし、だからってこのままヒモになっていくのは、しっくりこないなって思ってさ……体力にも自信なくなっちゃったな……才能にも自信ないけど……」

「わたしこそ……自分のことしか考えられなくて……ごめんなさい……」

病気の尚を謝らせている。真司は自分の不甲斐なさに目を伏せた。

尚が思い出したように言った。

「6万円のアパートでいい。お風呂狭くても、ピカピカになったし、あそこで暮らそう」

「無理すんなよ……」

「……」

「俺さ……こっそり君の主治医に会いに行ったんだ」

「えっ……！」

「それでコンプレックス刺激されちゃって、絶対頑張らないとって思ったとこもあるな……」

自分が頑張ることで、何かが変わるかもしれない。それは真司の祈りでもあった。

「そんなに真司を苦しめてたなんて、気づかなかった。小説書く時間も取り上げて、体まで壊させちゃって……わたしがひどい」

「ひどいな、確かに」

尚が顔を上げた。

「ひどいけど、好きなんだ」

「……」

「好きと嫌いは、自分じゃ選べないから。好きになっちゃったら、どんな尚ちゃんだって好きなんだから」

真司の声は、尻上がりに大きくなった。

尚はたまらず抱きついた。真司の中に、確かに自分と同じアンジェリカがいた。

「尚ちゃん！」

真司が強く抱き返すと、尚が耳元でささやいた。

「好き、侑市さん……」

「……‼」

病室で尚と抱き合ったまま、真司の意識は体を抜け出し、暗闇へと落ちていく。

『好き、侑市さん……』

その言葉がこだまするが、考えるどころか、反応することすらできない。

「どうしたの？　お腹痛むの？」

尚の声で我に返った。

「え？　ぜんぜん大丈夫。早く帰んな」

悪い夢から覚めたような気分だった。しかし夢ではない。

「泊まろうと思ったのに」

「いいよ。心配かけて、ごめんね」

尚は首を振り、お別れのキスをすると、真司は少しぎこちなく、それに応じた。

「……お腹が痛んだり、血尿がまた出るようなら看護師さんに、すぐ言ってよ」

「はい、先生」

「じゃね……」

尚は手を振りながら病室を後にしたが、キスの感触が、いつもと少し違ったのが気になった。

病室に残された真司は、ついに来るものが来たと感じていた。

『これが終わりの始まりなのか……。いや、名前間違えるくらい序の口だ』

そう気を取り直すと、尚にメールを送り、明日の退院のために着替えを頼んだ。

しかし、消灯しても真司は寝つけなかった。

『何もかも病気のせいだ』

真司は何度も自分に言い聞かせた。しかし、別の思いが湧き上がってくる。

『驚くほど一直線に俺に向かってきた1カ月前の彼女の行動、あれもまた、病気のせいだったとも考えられる。恋ではなく、病気……』

考えれば考えるほど、尚との思い出が色あせていきそうで、真司は早く眠りが訪れることを願った。

真司の無事を確認し、アパートに戻った尚は、疲れを感じていた。一人でいると、狭い狭いと思っていた部屋は、ガランとして見えた。

尚は風呂の蛇口をひねった後、入浴前にハーブティーでも飲もうと、やかんを火にかける。湯が沸くのを待ちながら、改めて真司の早い回復を祈った。

何かが焦げる臭いで我に返った。台所を見ると、やかんから煙が出ている。慌ててやかんを持ち上げると、あまりの熱さに流しの中に取り落とした。上から水を流すと、ジュッと音を立てて水蒸気が上がった。

ホッとしていると、今度は風呂場から水音が聞こえる。風呂場に向かうと、案の定、湯があふれていた。急いで蛇口を閉める……。

尚はその場にへたり込んだ。

「やかんもお風呂も覚えてない……どうしよう…侑市さん」

(!)

尚は言い間違いに気づいた。そのことが、少し前の記憶を呼び起こす。

(もしかして、さっきも……)

尚はへたり込んだまま、いつもの呪文を声に出した。

「砂にまみれたアンジェリカ…ミシマ……松代神社」

するとポケットのスマホがバイブレーションして、真司からのメール着信を知らせた。

『さっき言い忘れちゃったけど、制服で入院しちゃったから、明日、着替え持ってきて』

尚は画面を見つめて、ひとつ深呼吸した。そして返信する。

『OK！　まだ起きてるの？　早く寝て下さい』

少し落ち着いた尚は、忘れないように、『着替え持って行く』と紙に書いて、ドアの内側に貼り付けた。

・・・・

翌朝、真司は退院し、迎えに来た尚とアパートに帰ってきた。部屋に入ると、尚はドアに貼りっぱなしだったメモを、気づかれぬよう素早く捨てた。

真司が懐かしそうに部屋を見回す。

「何か久しぶりな感じ。1日泊まっただけなのに」

「忙しくてずっと家にいなかったからよ、もうあんな無理しないでね」

「ねえ」

尚が思い切って切り出した。

「ん？」

「もしかして、昨夜わたし、真司の名前、間違えた？」

「え、何それ？」

「何でもない」

真司は素知らぬ顔で話題を変えた。

「あ、そうだ、ＰＣ、営業所のロッカーに入れたままなんだ。取ってこなきゃ」

「ダメ、安静にしてなさいって言われたでしょ。わたしが取ってくる」

「いいよ」

「ダメ！　神様がしばらく仕事休んで、小説書きなさいって言っているんだから」

「……」

何かぎこちなかったが、尚は思い出した。そんな時はこれがあったと。

「アップルパイ食べる？　昨夜、夜中にコンビニ寄ったら、２個あったから買っといたんだ。おいしいかどうかわかんないけど」

その時チャイムが鳴った。相変わらず、この部屋のチャイムが鳴るのは珍しい。二人は顔を見合わせた。

「アート引越センターの木村です」

「木村さん！」

真司はすぐにドアを開け、木村を迎え入れた。

「どう？」

「すみません、ご心配かけて」

「昨日はもう、お前死んじゃうかと思ったよ」

「どうぞ」

尚が部屋の中へと促した。

「じゃ奥さん、お邪魔します」

「奥さんって……」

木村のいつものペースに、真司はやれやれといった感じだが、尚はそれほど悪い気はしていないようだ。

「その折は、お世話になりました」

尚が改めて挨拶した。

「その折？」

「引っ越しの時……」

「ああ、高輪のマンションへの引っ越しですか。あれから奥さんも怒涛の人生になっちゃいましたね。あの高級マンションからここって、まさに人生の醍醐味ってやつですよ。先の見えない人生のね」

そう言って木村は高らかに笑った。

「しゃべりすぎですすよ、木村さん」


「そうだ、これ。お前、仕事場にパソコンなんか持ってきてんの？」

木村が真司のＰＣが入った紙袋を差し出した。

「え、ま」

「エロ動画でも見てんのかよ」

木村の軽口は止まらない。

「木村さん……ありがとうございました」

「俺も、たまには役に立つね。しゃべりすぎだけどよ。奥さん、エロ動画の話は冗談ですよ」

「ありがとうございました。今、取りに行こうと思ってたんです」

そう言って尚は、ペットボトルから注いだお茶と、アップルパイを出した。

「何にもないんですけど、アップルパイ、真司さんが好きなんで」

「お前、アップルパイ好きなの⁉」

「は」

「へえ～……奥さん、こいつのどこがそんなによかったんですか？」

尚はちょっと考えると、こう答えた。

「好きと嫌いは、自分じゃ選べないんで」

「……？」

「好きになっちゃえば、好きなんです」

「ふ～ん、やっぱ頭のいい人は難しいこと言うね」

隣で真司が微妙な顔をしている。

木村はお茶をひと口飲むと、そばの本棚にある『砂にまみれたアンジェリカ』に目を留めた。同じ本が数冊並んでいるので、不思議に思って一冊引き抜いた。

「……何これ？『砂にまみれたアンジェリカ』間宮真司……間宮真司？」

「知らないの？」

尚が真司にささやいた。

「知らないよ」

「木村さん、この人、小説家なんです」

「はん？」

真司が照れ臭そうに打ち明けた。

「隠してたわけじゃないんですけど、もうずっと書いてないんで、小説家というか元小説家で、今は引っ越し屋です」

木村は再度、表紙をしげしげと眺めた。

「レイロウ（玲瓏）文藝賞？　聞いたことねえな」

「だから遠い昔の話なんです」

木村が本を開くと、表紙カバーの折り返しに著者の写真があった。真司21歳のものである。

「ウォ〜ッ！　こりゃ遠い昔だわ。アンジェリカって誰？」

尚がすかさず答えた。

「作者の分身です」

「アンジェリカなの、お前？」

「いや、ま、何て言うか……」

木村はたまたま開いた場所を読み始めた。

「空に向かって突っ立っている煙突みたいに図太く、まっすぐに、この男が好きだとアンジェリカは思った。エロ小説か？」

「純文学です」

また尚が答えた。

「ピカレスクでエロチックだと批評されたことはありますけど」

真司が横目で尚を見ると、ククク ッと笑いが漏れた。二人は水漏れの夜を思い出していた。

木村が腑に落ちたように言った。

「社員になれって俺が何度言っても、バイトのままでいたのは、小説家だからだったんだ。しかし大変だな、賞まで取ってもこの暮らしってのは」

「彼の本当の才能に、世の中はいつか必ず気づきます」

尚は自信満々だが、真司はひたすらにバツが悪い。

「気づくといいね」

木村がしみじみと言う。

「だからまた、書いてもらいたいんです」

「書けよ、お前。俺も読みてえよ」

「本なんか読まないでしょう」

「これは読むよ。アンジェリカ、サインして」

「勘弁してくださいよ」

それには構わず、木村が字を書く真似をした。

「書くものない？　いつもお世話になっている木村さんへ、間宮真司とかさ」

「は……」

真司が渋々サインすると、小川に見せてやるんだと、木村は上機嫌で帰っていった。

尚もうれしかった。小説家・間宮真司が、復活の第一歩を記したような気がした。


夜になり、尚はもう眠っている。

トイレから出てきた真司は、ゴミ箱の中に捨ててある『着替え持って行く』のメモを見つけていた。そして台所の隅には、焦げたやかん。洗って焦げを必死で落とそうとしたことがわかる。

真司は振り返って、ベッドで寝ている尚の寝顔を見つめた。

眠っている時だけは、壊れていく自分への恐怖から解放されているのだろう。真司には、その寝顔は子供のようにあどけなく見えた。

先日の侑市の見合いは惨憺たるものだったが、母・千賀子は少しもめげてはいない。この日も侑市のマンションに、新しい写真を持ってやって来た。

「いいでしょ、お父様は山東《さんとう》病院の理事長さん」

侑市は、千賀子の持ってきたスナップ写真を手に取った。いわゆる美人というやつだ。容姿も含めて、いろいろと自信たっぷりなオーラが漂っている。

「ご本人は消化器外科ですって、博士論文準備中。消化器外科って何か地味ね」

「そういうこと言うなよ、わかりもしないのに」

「若いし、美人だし、旭岡《ひのおか》医大を首席で卒業してるんですってよ」

侑市の頭に大学医学部の序列がよぎる。それはさほど上位ではない。

「旭岡医大だろ」

「そういうこと言うもんじゃありませんよ」

「そうだね。どこだって一番になるのは大変だもんな。だけど、医者ってやってみると、成績がいいやつがいい医者ってことでもないから」

「じゃ、この方、やめる?」

「会うよ」

「今日ヘンね、侑ちゃん」

侑市は相手の身上書を見ながら、これで尚の面影が消えるだろうかと考えていた。

「ねえ、ママ、朝から晩まで侑ちゃんのお嫁さん探ししてるの、知ってる?」

「他にすることないからだろ」

「んま!」

「感謝してるよ」

侑市はわざと微笑んでみせた。母親をからかって自分の鬱屈を晴らそうとした、せめてもの償いだった。


週末に、早速、見合いの席が設けられた。

ホテルのラウンジに女医の梓澤《あずさわ》レイが現れる。写真通りの、颯爽とした美人だった。自信たっぷりなのも写真通り。ミニスカートから形の良い脚が伸びているが、全体の印象はコンサバティブにまとめている。

彼女に気づくと、侑市はすっと立ち上がった。

「井原先生ですか。はじめまして、梓澤レイです」

「井原です」

「お目にかかれてうれしいです」

侑市はレイのすきのない振る舞いに笑みを見せた。前回の3人とは、だいぶ違う予感がした。

席に着くや、レイはハンドバッグから封筒を取り出した。

「あのこれ、これ、わたしの健康診断のデータなんですけど、名刺代わりに受け取っていただけませんか」

「……！」

侑市は、尚がワシントンで検査データを渡したことを思い出していた。

「用意がいいですね」

「先生は、無駄な時間はお嫌いな方なんじゃないかと思ったんです」

「……それは、なぜですか？　今日初めてお目にかかったのに」

何だか自分が精神分析されてる気がした。

「だって、結婚式を突然おやめになったのは、ついこの間でしょ。それなのに、もうお見合いですもの」

「どうしてご存じなんですか？」

「先生のご結婚がドタキャンになった話は、医療関係者の間では有名ですわよ。うちの父も知ってましたもの」

「参ったな」

そう言って侑市は目を伏せた。しかし、この頭の回転の速さは、嫌いではない。

「すみません。いきなり不躾で」

「面白い方ですね、梓澤さんは」

「それは、お誉めのお言葉ですか？」

「もちろんです」

「じゃ、もうひとつうかがっていいですか？」

侑市がそれを制した。

「結婚をやめた理由については、お話しできません」

「……！　すごい。心の中を見透かされたみたい。ステキです」

「それはお誉めのお言葉ですか」

「もちろんです」

その日、二人の会話は弾んだ、というか話の種は尽きなかった。レイの当意即妙に言葉を投げ返すリズムは、侑市には単純に心地よかった。

夕方になり、別れ際にレイが切り出した。

「井原先生、わたしと結婚を前提に、つき合ってください」

「ドタキャン直後ですが、ご両親が心配なさらないですか」

「わたしが幸せであれば、文句はないはずです」

「そうですか。では、よろしくお願いします」

「本当ですか！　ヤッター！」

そう言って、レイは侑市の腕に両腕を絡めた。

「……」

「次回は先生も、血液検査のデータをお持ちくださいね」

「わかりました」

「で、次回、いつにします？」

「……！」

無駄な時間が嫌いなのは、この女の方だと思った。しかし、はたからは、自分も同じように見えるのだろうか。

無駄がないのはけっこうなのだが……その先に何があるのか。スケジュールを確認しながらも、侑市は考えざるを得なかった。

●　●　●　●

朝、尚をクリニックへと送り出すと、真司はＰＣに向かった。大事を取って引っ越しのバイトは休んでいる。

新しい小説のタイトルを書き出してみる。

『彼方の君』。

これは時代劇っぽいか……。

『危ない恋』
『神様がくれた奇跡』
『忘れんぼうの彼女』
『電車を降りて砂漠を歩こう』
『僕を忘れていく君へ』

『アップルパイと』とまで書いて手が止まった。

「……アップルパイと……」

『脳みそとアップルパイ』

真司は他のタイトルをすべて消すと、フォントのサイズを大きくした。

『脳みそとアップルパイ』　間宮真司

夕方になり、真司は引越センターの営業所に向かった。急に仕事に穴をあけたことを謝りたかったし、明日からの仕事のシフトも入れたかった。顔を出すと、木村も小川もいた。

「小川、この前はありがとな、病院まで付き添ってくれて」

「いえいえ……あんなに苦しむ人間って、初めて見たっすよ。俺ってヌルイ生き方してたんだなって感じちゃって」

「ただの尿管結石だから」

「でもスゴかったす、ドラマ見てるみたいで」

木村が近づいてきたので、PCの礼を改めて言う。

「あの、血尿が出る前くらいのペースで、また働かせてもらいたいんですけど」

「いいよ、100％ヒモってわけにはいかねえもんな」

「そうなんです。ちょっと言えないくらいの額の貯金持ってるから、働かないで書いていればいいって言うんですけど、基本贅沢な女なんで、やっぱ俺も少しは働かないと」

小川が貯金という言葉に反応した。

「間宮さんのカノジョ、ちょっと言えないぐらいの額の貯金があるんすか。3百万くらいすか？」

木村が、向こうは医者だぞとばかりに言う。

「バカ、最低でもその10倍とか20倍はあるさ」

「え～！　カミさんが3千万とか6千万とか持ってたら働かないすよ、俺」

木村は真司の体のことが気になっていた。

「力仕事でまた血尿出ちゃうとヤバイから、間宮はお片づけ隊でどう？」

「結石はもう出たので、普通で大丈夫ですよ」

「ゆるゆるやって、本業も頑張れよ。もう40だろ。人生第二幕の幕を上げるなら、ギリギリだろうが」

「そんな真面目な顔で、プレッシャーかけないでくださいよ」

「『図太い煙突のアンジェリカ』第2弾だよ」

「『6千万持ってるアンジェリカ』じゃないんすか」

小川が笑っている。

返答に困る真司だったが、この職場があってよかったと素直に感じていた。


その夜、真司がアパートに帰ると、もう尚は帰っていた。朝に干しておいた洗濯物をたたんでいたので、真司も手伝う。

「このパンツ、すごくはき心地がいいから、全部これに替えたいな。どこで買ってきてくれたの？」

「え、それ、わたしが買ったんだっけ？」

真司はそれを受け流すと、少し改まった風に切り出した。

「新しい小説のことなんだけど」

尚の顔が輝いた。

「この10年、書きたいことが浮かばなかったし、何の言葉も浮かばなかったし、もう小説を書くことはないんだって思ってたんだけど……尚ちゃんと出会ったら、また、書きたいって気持ちが湧いてきたんだ」

「書いて、書いてほしい……」

「尚ちゃんのこと、書いていいかな？」

「……！　病気に侵されて、記憶を失っていく女の話？」

「病気も含めてだけど、今回俺たちの人生に起きた出来事っていうか、大恋愛の顛末を、書いてみたいなって思うんだ」

真司の表情は、普段、尚があまり見たことがないものだった。

「……」

「尚ちゃんがイヤだったら、やめるけど」

「ううん。真司には書きたいことを書いてほしい。それが真司とわたしのことなら、それでいい」

言いながら、尚は真司ににじり寄った。

「読んだ人が、尚ちゃんと俺のことだってわかってもいい？」

「……それは、どうかな……」

「じゃあ、ぜんぜん違うタイプの女性にしようかな。例えば、その人はメチャメチャ料理が上手で、毛深くて」

「毛深いのぉ？」

「濡れた雑巾を放置しといたような体臭がして」

尚がたまらず笑い出した。

「そんな人の大恋愛、読みたくない」

「でも、男はその濡れた雑巾みたいな体臭が、すごく好きなんだ」

「え～」

「ダメだな。言いながらダメだって思ったよ」

真司も笑い出した。


「いいよ、わたしだってわかっても、好きに書けば」

「……！」

「真司に書きたいって思うことが出てきたのはスゴイことだし、わたしに気を使ってたら面白いものできないもん、きっと」

「ホントにいいの？」

「何でもかんでも好きに書いていいよ」

そう言って真司に抱きついた。

「こんなこととかも」

洗濯物の山の中で尚は真司にキスをした。そしてひと息つくと、

「こんなこととかも」

尚のキスが一段と激しくなり、真司を押し倒した。

「オットット」

本棚に頭をぶつけながら、真司は思った。

尚は病の恐怖と闘いながら、それを吹っ切るように自分にぶつかってくる。今は、それをしっかりと受け止めよう。アンジェリカはそれだけを望んでいるはずだ。


ひとしきり愛し合った後、真司はベッドの上でＰＣを開いた。早速、尚にタイトルの感想を聞く。

「脳みそとアップルパイ。すごくいい」

「いい?」

「いい!　売れそう」

「じゃ、タイトルはこれにしよう」

尚がうれしそうに天井を見上げた。

「間宮真司にタイトル相談されるなんて、思ってもみなかった」

「俺も……」

「読んでもいい?　出だし」

「出だしは変わるかもしれないけど」

尚は再びPCに向き直ると、読み始めた。

「彼女はあの頃から、いつも急いでいた。まるで何かに追われるように、いつもいつも走っていた」

そこで尚の声が途切れた。

「……どうしたの?　よくない?」

尚が真司に抱きついた。

「走りたくない」

いつの間にか笑顔が消えている。腕に尚の指が食い込むのを感じた。

「……？」

「もうここで止まっていたい」

真司は裸の尚を、包み込むように抱きしめた。

暗い部屋で、ＰＣが小さく唸りながら、二人を照らしていた。


佑市と梓澤レイは順調にデートを重ねていた。この日も野外コンサートを楽しんだ後、二人は帰り道を腕を組みながら歩いていた。

人影が途切れたところで、レイが不意にキスをねだる。佑市はそれに素直に応じた。

この時も彼の頭によぎったのは、ワシントンでの尚とのキスだった。

（まただ）

尚の面影は、今日も佑市にまとわりついてくる。

佑市が静かに顔を離すと、レイがささやいた。

「キスだけ？」

胸元でネックレスがきらめく。

侑市は曖昧に微笑んだ。

「今日は帰りましょう」

そう言うと背を向け、タクシーをつかまえる。

「また連絡します」

レイはつまらなさそうに車に乗り込んだ。手を振ってそれを見送ると、彼もまた、つまらなさそうに歩き出した。


その日、尚は急に思い立ち、堂明大学附属病院に来ていた。次の診察の予定はまだ先だったが、尚は確かめたいことがあった。真司が体を壊すに至ったのは、ある意味、侑市との関わりが原因でもある。


「おはようございます」

「どうされました？　急に予約が入ったので、驚きましたよ」

「あまり調子が良くないんです」

「調子が良くない……」

侑市の顔が曇った。

「約束を忘れてすっぽかしてしまったり、ガスをつけっぱなしにしたり、お風呂のお湯を何時間も出しっぱなしにしたり、買い物したこと、ケロッと忘れていたり……」

「僕でもお風呂のお湯を出しっぱなしにしたりはしますけどね」

「でもこのところ、いろんなことが頻繁に起きてる気がするんです」

侑市はまず、尚を落ち着かせようとした。

「そんなに突然、進む病気ではないですから、不安になることはないと思いますけど、いつものテストしてみますか？」

「……したくありません」

「では、お話だけにしましょう」

「間宮真司が、先生に会いに来たって、本当ですか」

「ええ」

侑市は真司の時と同じように事務的に答えた。

「あの人も、わたしの病気の進行度合いを知りたいんですね」

「どういう意図でいらしたのかは、僕にはわかりません」

「病気のことなんか、気にしてないって顔しているのに」

尚は真司の気配りが、逆に不安だった。

「正式に結婚なさったら、どうですか」

「……本気でそんなことおっしゃるんですか」

「もちろん本気です」

「自分が誰だかわからなくなるわたしを、死ぬまで背負えとは言えないです」

「自分が誰だかわからなくなるか、ならないかは、まだわかりません」

「でも症状は少しずつ進んでいます」

尚から視線を外すと、侑市は言った。

「……きっといい時間はあると思いますよ」

「でも先生は、わたしとは結婚なさらないでしょう？」

侑市は首を傾げてみせる。

「……僕はフラれた身ですから」

「わたしの病気がわかれば、先生の方から、婚約は解消なさったと思いますけど」

「あの時は、そうしたかもしれません」

「……」

侑市は、再び彼女に視線を戻した。

「でも今はわかりません」

「……」

表情を崩さぬまま、侑市は、最後に自分の口から出た言葉に、唖然としていた。

（一体、俺は何を言ってるんだ？）


夏が来ていた。

真司は引っ越しのバイトを再開し、暇を見つけては小説を書いていた。尚はクリニックに出勤し、カルテ整理などをする毎日。さらにクリニックのこれまでの診断データを基に、ホルモン補充療法に関する論文の準備も始めていた。特に病が進行している風には見えない。穏やかな日常が続いていた。

しかし平穏は、思わぬところからかき乱された。

その日、KITAレディースクリニックの受付係、沢田柚香は、クリニックの口コミサイトを覗いて驚いた。匿名の中傷コメントが、ずらりと並んでいる。

『北澤尚医師は、アルツハイマー病でありながら、診療を行っていた』

『医師免許を剥奪すべき！』

『ちょっと前までは、病気を隠して、ずっと患者を診ていましたよ。アルツハイマーの症状が進んだから、やめたんですね、きっと』

『そういうの、院長にも責任あると思う』

『さっき誰かが言ってたけど、そういうの医師免許剥奪だよ。患者ナメてる』


尚の病気の情報が漏れている。しかも最悪の形で。

柚香の指先が小さく震え始めた。

そこに自宅エリアから薫が姿を見せた。

「おはよ」

柚香はPCから顔を上げることができない。

「沢田さん、どうかしたの？」

「これ、見てください」

薫は受付カウンターに入ると、ＰＣを覗き込んだ。

「……！」

クリニックの電話が鳴った。すぐに柚香が出る。

「ＫＩＴＡレディースクリニックでございます」

女性の声だった。

「今、サイトで見たんですけど、北澤尚先生って、アルツハイマーなんですか？」

「ちょっと体調を崩しておりまして、お休みいただいております」

「やっぱりアルツハイマーなのね」

柚香が困った顔で薫を見るが、もう一本ある電話が鳴った。薫が取る。

「おはようございます。ＫＩＴＡレディースクリニックでございます」

「来週予約している山川《やまかわ》ですけど、予約キャンセルしたいんです」

「少々お待ちくださいませ」

薫が手続きをしようと、ＰＣの予約サイトを開いた。そこで目に入ったのは、いくつもの『キャンセル』の文字だった。

「……！」

「もしもし？」

受話器からは苛立った女性の声が漏れてくる。柚香が電話を引き取った。

「代わります。もしもし、お電話代わりました。受付の沢田でございます」

プツッと音を立てて電話は切れた。

「あ……」

また、電話が鳴る。すぐに柚香が出る。

「ＫＩＴＡレディースクリニックでございます」

呆然としている薫の横で、今度はＦＡＸが紙を吐き出し始めた。

『ヤブ医者！』

『患者ファーストじゃない！』

感情むき出しの手書きの文字が、目に刺さる。薫は自分の足元で、何かが崩れ落ちていくような恐怖を感じていた。

柚香が取った電話は、患者からのクレームやキャンセルではなかった。

「先生、厚生労働省の医師免許審議室からです。院長にヒアリングしたいそうです」

「え？」

「お出になりますか？　お留守だって言いましょうか？」

厚労省と聞いて、薫の顔が引き締まった。受話器を受け取る。

「お待たせいたしました。院長の北澤でございます」


尚が出勤してきた。

「おはようござい…」

柚香が「しっ」と口に人さし指を当てて、尚を診察室に促した。ＰＣを使って、尚に事情を説明する。

尚の病気がどこから漏れたのか、それはわからなかったが、予兆はあった。

尚から薫へと、急に担当が代わったことで、気分を害した患者がいたのは事実だったし、中にはうるさ型もいた。病名については、尚が大学病院の精神科で目撃されたことも考えられる。そろそろきちんとした形で発表しようとしていた矢先だっただけに、対応の遅れが悔やまれた。

炎上の火付け役は、柚香にはおおよその見当がついていた。

患者の畑野《はたの》みどり。自分の担当が薫に代わったことを、軽く扱われたと思ったのか、クレームめいたことを口走っていたのを覚えている。日頃からも面倒な患者としてマークされていた。何より中傷コメントに、どこか彼女の口調に通じるものを感じていた。

尚はショックを隠せなかった。椅子に座り込み、両手で顔を覆った。

「わたしの医師免許のことより、クリニックの評判が落ちたり、患者さんが減るのは困るわ」

「名誉棄損で畑野さんを訴えたらどうかしら？」

柚香は火付け役が畑野みどりだと、すでに確信しているようだった。

「この口コミサイトが畑野さんだって証明はできないもの……どうしよう……」

尚と柚香が診察室から出てくると、薫が意を決した顔で待っていた。

「明日の11時に厚生労働省に行くことになったわ」

「……！　迷惑かけて、ごめんなさい」

「あなたもわたしも、悪いことはしていないんだから、堂々と行けばいいのよ」

● ● ● ●

翌朝、真司のアパートから、尚が緊張の面持ちで出ていこうとしていた。

「今日、もしかしたら、あっちに泊まるかも」

「いいけど、どうして？」

真司も何となく異変には気づいていた。

「わたし若年性アルツハイマーなのに診察してたってことで厚生労働省に呼ばれたの」

「え！」

「夜、いろいろ対策練らないとならないと思うから」

「それで昨夜、元気がなかったんだな」

「ＫＩＴＡレディースクリニックの口コミサイトも炎上してるの。わたしは何て言われたっていいけど、あのクリニックはママの命だから」

「頑張ってね」

真司が尚の手を握りしめた。

「うん。行ってきます」


医師免許審議室に向かうべく、薫と尚は厚生労働省の廊下を歩いていた。省内の表示で場所を確認すると、視線の先になぜか侑市が立っている。

「井原先生！」

思わず声を上げた尚と同じく、薫も驚いていた。

「昨日診断書を頼まれましたが、僕が直接話した方がいいと思って」

３人は、揃って医師免許審議室の中に入った。


担当の友部《ともべ》という役人が、挨拶もそこそこに、尚と薫に質問を始めた。

「北澤尚さんが、ＭＣＩ、いわゆる軽度認知障害だと診断されたのは、いつですか？」

「今年の６月11日です」

尚がきっぱりと返答した。

「その前から自覚症状はありましたか？」

「少しだけありました。でもＭＣＩだという自覚はありませんでした」

少し間をおいて、友部がやや意地の悪い質問をした。

「でも、自分はおかしい、診療に差し障りがあるかもしれないと思いつつ、診療は続けていた時期はあったということですね」

「診断が出た日に、診療はやめました」

「そうですか……。北澤薫院長」

友部は今度は薫に質問を始めた。

「はい」

「あなたは、北澤尚医師の変調には気づいておられましたか？」

「いいえ、気づきませんでした」

ここで侑市が割って入った。

「ちょっとよろしいですか」

「主治医の井原先生には、明日の13時においでいただきたいとお願いしたはずですが」

自分の指示を無視され、友部は明らかに不快そうだった。

「6月11日、交通事故で運ばれてきた北澤尚さんの脳のＭＲＩを見たら、若年性アルツハイマー病を思わせる所見でした」

侑市はかまわず続けた。

「その後、様々な検査をした結果、ＭＣＩと診断しました。若年性アルツハイマー病にまで進行するかどうかは、今の段階ではわかりません。ただ、現在の症状は、日常生活にはまったく支障はありませんし、医師として仕事をすることにも、問題はありません。わたしはそのことを、北澤尚さんに伝え、病気の進行を遅らせるためにも、仕事は続けるように、すすめました。でも北澤さんはその日以来、患者さんを診ることをやめたのです。もし自分が患者なら、ＭＣＩとはいえ、記憶に障害をもたらす病気を持つ医師に、診察してもらいたいとは思わない。わたしが診察を続けることは、患者さんの利益を守ることにはならないと思うと、北澤さんは言いました。これほど潔く、患者の方から物を見ている医師は、めったにいないと思います。頭が下がりました。どのようなクレームが厚生労働省にあったか知りませんが、医師免許審議室が審議対象になさるような事例ではないと、わたしは思います」

整然かつ熱のこもった侑市の弁舌に、友部は気圧《けお》されていた。それでも気を取り直し、侑市に尋ねる。

「井原先生の患者さんの中に、アルツハイマー病を患いながら、医師の仕事を続けている方はおられますか？」

「いらっしゃいます。病気の進行を遅らせるためにも、仕事を捨てない方は少なくありません」

侑市がカバンから封筒を取り出した。

「北澤尚さんの検査データと診断書を書きましたので、提出します」

「わざわざ用意がいいですね。お預かりしておきます」

最後に尚が、懇願するように言った。

「クリニックの患者様には、これを機に本当のことをお知らせし、臨床の現場から退くことを決意した経緯を、ご報告しようと思います」

友部はひとつため息をついた。

「ん～……実はですね、審議室に申し入れをされた方は、うちの幹部の奥様でして……それでやはり無視もできず…。皆様にご足労いただくことになってしまったのですが、井原先生のお話をうかがって、この案件は審議対象ではないということは、理解いたしました」

薫の顔に安堵の色が広がった。

「ありがとうございます」

尚はうれしそうに侑市を振り向いた。侑市がそれに微笑みで応える。


その頃、真司も彼なりに闘っていた。バイト先のPCで、KITAレディースクリニックの口コミサイトに書き込みを始めた。

木村が不思議そうに覗き込む。

「何やってんの?」

真司はいつものように小指を立てると、

「これの実家のクリニックの、口コミサイトに良い評判をちょっと」

「マメだね。お前見てると切なくなるよ」


厚生労働省の建物を出ると、薫は改めて侑市に深々と頭を下げた。

「先生、本当にありがとうございました」

「クレームの元になっている患者さんにも、これからご説明に行ってもいいですよ」

その申し出には尚が断りを入れた。

「それは大丈夫です。わたしが自分でお手紙を書いて、先生の診断書を添えて、お送りしますので」

「わかりました。これからも何かあったら、いつでもご連絡ください」

「ありがとうございます」

母娘はもう一度、頭を下げた。

「それではお先に」

そう言い残して侑市はタクシーで去っていった。

「いい先生ね。惚れ惚れするわ」

車を目で追いながら、薫がしみじみとした口調で言った。

「……」

「誰が何て言ったって、やっぱりあの先生からは離れられないわね」

「誰か何か言ってるの？」

不思議に思った尚が尋ねた。

「そうじゃないけど、いい先生……好きだわ、ママ」

尚には黙っていたが、つい最近、薫は侑市の母・千賀子に、これ以上、侑市に関わるなと言われていた。侑市が尚の主治医をしているのが耳に入ったらしい。いくら侑市が若年性アルツハイマー病の権威でも、そちらから婚約を解消しておいて、非常識極まりないと責められた。言われた時は、さすがに返す言葉がなかった。

しかし、薫の侑市への信頼は、いっそう厚くなっていた。

クリニックに戻った尚は、再び柚香とPCで口コミサイトをチェックし始めた。急には炎上は収まらないだろうが、少しずつ、書き込みの熱は下がっていた。

柚香が変わった書き込みを見つけた。

『ＫＩＴＡレディースクリニックでいただいたお薬を飲んだら、濡れたまま放置した雑巾みたいな体臭がなくなりました。素晴らしいクリニックだと思います。更年期の方はおススメです』

「濡れた雑巾みたいな体臭って……こんな患者さん、いたっけ？」

尚は笑いをこらえるのが精いっぱいだった。

夕方、高輪の自宅マンションに、侑市が帰ってきた。上着を脱ぐなり、尚からメールが入る。

『今日は本当にありがとうございました。先生がいて下さらなかったら、どうなっていたかわかりません』

「……」

侑市はソファーに座ると、自分から尚のことを考えた。他の女と会ってる時に勝手に現れる、昔の記憶ではなく、今の尚を。すると今度はレイからメールが来た。

『会いたいです』

レイのその言葉が、侑市の背中を押したのかもしれない。

◆　◆　◆　◆

翌日、真司のアパートでは、二人が郵送作業に追われていた。尚の挨拶状と侑市の診断書のコピーを、折りたたんでは封筒に詰める。関係者への告知はできるだけ早い方がいいと、今日のうちに発送することにしたのである。

真司が手を止め、侑市の診断書を眺めている。

「何回読んでるの？」

真司が文面を読み始めた。

「北澤尚さんについて、主治医である私にお聞きになりたいことがあれば、下記のアドレスにメールをください。必ずお返事いたします……」

「今回は、井原先生に本当にお世話になったの。あ、そうだ、真司もありがとうね、濡れ雑巾の書き込み」

尚は愉快な書き込みを思い出して、また笑いそうになった。

真司はそれには答えず、作業に戻った。

「……やっぱりあの先生は、尚ちゃんにとって、いなくちゃならない人なんだな」

「え?」

「尚ちゃんは、心の中で、俺より井原先生を頼りにしてるよ」

「何それ?」

「そう思うな……」

尚は、自信なさげな真司に少し苛立った。

「井原先生はいい先生よ。でも、好きと嫌いは選べないんだもん。好きなのは真司なの。どうしても真司なの」

「そうかな、この前、俺のこと、侑市さんって呼んだよ」

「……! そういうこと言わないで! わたしは病気なの。そのうち自分が誰だかわかんなくなっちゃう病人なのよ。名前間違えたくらいで、いちいち文句言わないでよ!」

痛いところを突かれた尚が、思わず声を荒らげた。

「だいたい間違えたなら、その時言ってくれたらいいじゃない。黙ってて、後から言うなんて陰険だよ」

「そんなこと言いたくないよ。イヤだよ。前の男の名前呼ばれた俺の気持ちだって、あるんだから」

「そっちこそ、わたしの気持ちなんかわかってない！」

「……そもそも、俺とのことだって、病気のせいで、恋に落ちたと思い込んでるだけじゃないの？」

「はぁ？」

真司の疑念がついに言葉になった。そして言葉が、疑念を確信に変えていく。

「考えてみればおかしいよ。婚約してて、もうすぐ結婚するってのに、いきなり俺のこと追いかけてきて。こんなボロアパートに転がり込んでくるなんて。尚ちゃんの中で、病気と恋がゴッチャになってんだよ」

「……話にならないわ」

封筒を乱暴に紙袋に放り込むと、それを持って尚は部屋を出ていった。

残された真司は、露《あら》わになった自分の劣等感に、押しつぶされそうだった。

尚は自分の記憶だけでなく、気持ちまで疑われたことが、たまらなく悲しかった。

涙をこらえながら歩いていくと、ガードレールに侑市が腰掛けていた。

「……！　何してるんですか？」

侑市は困った顔を見せた。

「何してるんだろ……」

「え？」

「どうしても会いたくなって、来てしまった」

「……！」

侑市が首を振りながら言う。

「でもだからって、どうしていいかわからなくて、ここに座って考えてた……1時間くらい」

「1時間も……」

「昨日のことだって、尚のためにやったんじゃないよ」

「え？」

「気づいたんだ……尚に僕が必要なんじゃないんだ。僕に尚が必要なんだ」

「……!!」

そこには尚が知っている、いつも冷静で自信たっぷりな侑市はいなかった。しかし彼の告白を聞いて、尚は改めて自分の気持ちを胸に感じた。

真司でなくてはダメなのだ。

「先生には感謝しています。本当に本当に感謝しています。でも、わたしが愛しているのは、間宮真司なんです」

「……」

「彼の存在が、一番わたしに生きる力をくれるんです。ごめんなさい」

そう言うと、尚は今来た道を走って戻っていった。


尚は急いでアパートに戻ると、勢いよくドアを開けた。

「さっきは、ごめんなさい」

真司はじっと座っていた。尚が戻ってきても、ピクリとも動かない。

「病気だから、真司に夢中になったんじゃないよ。わたし、ホントに」

真司がそれを遮った。

「尚ちゃん」

「……なあに？」

「別れよう」

「……!!」

「どうして？」

「……」

「名前間違えたから？」

「……怖くなったのは、そうだな……」

「そのことは、ごめんなさい……許して……」

「尚ちゃんのせいじゃない、病気のせいなんだ。そのことは、よくわかってるんだけど……」

「……」

「支えていく自信がないよ」

「……病気なんか、屁でもないって言ってくれたのに」

「覚えてるよ、尚ちゃんとのことは、全部覚えてる。だけど、無理なんだ……」

あれほど「別れない」と言い張っていた真司の口から、今、「別れる」という言葉が出た。その重みに、尚は言葉を返すことができなかった。

尚がその場を立ち去った後も、真司はじっと座ったままだった。そして自分に語りかける。

『20年間、書きたいネタも書きたい言葉も、何ひとつ浮かばなかった。その俺に、もう一度、小説を書きたいと思わせた女……そのかけがえのない女の運命の相手は、俺ではなかったのだ』

尚が呆然とした面持ちでクリニックに着いた時、薫は自宅エリアのリビングにいた。ソファーでテレビを観ている。

「ただいま」

その挨拶の仕方に薫が驚いていると、尚が黙って横に座った。

「……どうしたの？　お帰り、なさい、なの？」

「うん、別れた」

「……!!」

尚は立ち上がると自室に向かいながら、吐き捨てるように言った。

「何かもう無理だって」

「……!?」

少し経って、心配になった薫は、尚の部屋を覗きに行った。ドアの前に来ると、すすり泣きが聞こえる。

薫は黙って引き返した。


翌朝、薫はクリニックの診察前に真司のアパートにやって来た。

真司はちょうど仕事に出かけようと、部屋のドアを開けたところだった。目の前に薫がいた。

「……」

「一体、何があったの？」

「……」

「あの子が何も言わないから、あなたに聞きに来たわ」

真司は無言で薫を部屋の中へと招き入れた。


「すみません」

真司は謝るだけだった。

「自信がないってあなた、あなたの覚悟は、その程度のものだったんですか」

「……」

「娘は何もかも捨ててあなたのもとに行ったんですよ」

「……」

「病気のことだって、それも承知の上だったんじゃないの？」

「……」

「何とかおっしゃいよ」

薫の苛立ちは頂点に達しようとしている。


真司は昨夜のことを思い出していた。

口論になり、尚が一度部屋を出ていった時、後悔した真司はその後を追いかけた。しかし追いついた先で見たのは、尚に告白する侑市の姿。いたたまれなくなった真司は、二人に気づかれぬようアパートに逃げ帰った。そして、尚が戻ってきた……。


真司がやっと口を開いた。

「井原先生は、今でも尚さんのことを支えてくれているんですよね、まだ間に合うんじゃないですか」

「あなた、それ本気で言ってるの」

「はい」

「……わかりました。そういうことなら、もう金輪際、娘とは関わらないでください。いいですね」

「はい」

薫は立ち上がると、もう一度真司を睨みつけてから、部屋を出ていった。

真司は、何もかも終わったと思った。


夕方になり、引越センターの営業所では、従業員たちが帰り支度を始めていた。

「お先ィ」

「おお」

小川が帰りの声をかけ、それに木村が応える。木村は真司が帰ろうともせず、何か用事を見つけては作業しているのに気がついた。

「間宮も、もう明日にしろよ」

「は……ちょっと、帰れない事情ができちゃって」

「はん？」

「ずっと帰れないかもしれないんですけど、とりあえず今夜は事務所に泊まるしかないかな～と思って」

真司は照れ隠しに笑っているが、目に力がない。


「ケンカでもしたのかよ」

「まあ……そんな感じですかね」

「ウソつけ」

「へ……？」

「お前は俺と違うから、家を出るなんて、ただ事じゃないな」

やはり木村には見透かされる。

「ま、男と女はいろいろだから、わけは聞かないけど、こっち来な」

そう言うと引き出しから鍵を出し、営業所の奥へと真司を案内した。

「……？」

「俺、カミさんにおん出された時、ここに泊まるんだ」

そう言って、木村は奥のドアを開けた。

そこは窓のない、小さな倉庫のようだった。しかし汚いソファーがあり、机もある。

「こんな部屋あったんですか」

「俺の隠れ家だからよ。鍵は俺が持ってんだ」

真司の手に鍵が渡された。

「ホントにいいんですか？」

「いいんじゃないの？　元々は会社の部屋だし」

「ありがとうございます」

木村が出ていくと、真司はソファーに座り、倉庫部屋を見回した。ひどく薄暗い照明だったが、机にはスタンドがあった。エアコンも一応あるようだ。

（これからどうしようか）

と考えてはみたものの、真司にできることは、ひとつしかなかった。


その頃、尚は真司のアパートに舞い戻っていた。このままでは終われない。中が暗くて誰もいないのはわかるが、鍵を開けて中に入った。

やはり真司はいない。

「……」

尚は引越センターの営業所に行ってみることにした。他に心当たりがなかった。

営業所は、すでに正面入り口のシャッターが下り、人の気配は感じられなかった。すると横のドアから、ちょうど木村が出てきた。

「あ、木村さん……」

「おお……何してんの？」

「真司、ここに来ているんじゃないかと思って」

「来てないよ、どうして？」

とりあえず、木村はしらばっくれた。

「昨日、突然、別れようって言われて」

「え！」（帰りたくない理由はこれかよ……）

「理由が、ぜんぜんわからないんです。アパートにも帰ってないし」

「そうか……」

「わたしは記憶が欠落しちゃうので、何かヒドイことを真司にしたのかもしれないんですけど、思い出せないんです。木村さんに何か言ってませんでしたか？」

「ここには来てないんだよ」

「……あ、そうか……どうしよう……」

「ま、わからないでもないけどな」

「え？」

「20年前の小説を暗唱まですするあんたが、何もかも捨ててきて、それって男としちゃ、相当重いからさ。受け止めきれないっていうか、自分に何ができるんだって思って、自信なくなっちゃったってことは、あるよな、きっと」

「自信がないって、自分の気持ちにですか？」

「ん……そういう風に理屈で攻められると、わかんないけど、何となくさ」

「……」

尚には木村の言葉がよくわからなかった。自分は真司を追い詰めたのだろうか。

「だってあいつの取り柄って、優しさと面白さだけだろ。小説家って言ったって、20年前の話なんだから」

「優しくて、面白ければ、わたしはそれだけでいいのに」

「だから、それじゃあ男はイヤなんだって」

「え……あの、真司は必ず木村さんに会いに来ると思うんです。そしたら、わたしに連絡してください。これがわたしの携帯ですから」

尚はメモを渡そうとしたが、木村は受け取らなかった。

「そういうところが男を窮屈にするんだよ」

「……？？？」

「ほっといてやれよ。縁があれば、また会えるから」

「わかりません、どういう意味なのか……」

尚が知りたいのは、真司がまだ自分を愛しているのか、愛していないのか、それだけだった。

「さ、今日は帰ろう」

木村に促されて、尚は仕方なく帰路についた。


尚と木村の姿が見えなくなった頃、営業所から真司が出てきた。そのままアパートに向かうと、ＰＣと着替えを何枚か抱えて、再び営業所に戻る。

倉庫部屋に入り、ＰＣを立ち上げた。

誰もいない夜の営業所。窓のない穴蔵のような場所で、真司は『脳みそとアップルパイ』の続きを書き始めた。

『人は誰しも残りの持ち時間に追われている』

尚を失い、振り出しに戻った真司は、時間を忘れてキーボードを叩き続けた。自分に残った、唯一のものを吐き出すかのように。

真司が尚の前から姿を消した翌日。その日は尚が侑市の診察を受ける日だった。気は重かったが、半ば義務のように大学病院へとやって来た。

尚は診察室に入ると、力なく頭を下げた。

「……おはようございます」

「おはようございます、どうぞ」

尚が無言で腰を下ろした。

「先日は失礼しました」

フラれた直後だが、侑市は不思議と気まずい感じはなかった。むしろ、何か吹っ切れた気さえしていた。

「いいえ」

「今日はいかがですか」

「まあまあです」

答えとは裏腹に、元気がないのは明らかだった。

「血液検査の結果は、前回とほとんど変わっていないんですけど……」

「……」

尚の反応が鈍い。

「睡眠不足ですか?」

「いいえ」

「食事は取れていますか?」

「はい」

「顔色が悪いですね。何かありましたか」

「お話ししたくありません」

「そうですか……」

侑市は自分が拒絶されたことよりも、尚の様子の変化が気になった。

病院からの帰り道。尚は立ち止まるとスマホを取り出し、真司にメールを送った。

『わかったから、最後に一杯飲もう。あの居酒屋で6時に待ってます』


店は開店したばかりで、尚が来た時は、お客は他に1組だけだった。

女子店員が出迎えた。

「いらっしゃいませ。お一人様ですか？」

「もう一人来るかもしれません」

「そちらのお席にどうぞ」

店員がおしぼりを差し出すと、聞かれる前に尚がオーダーする。

「生ビール」

「はい、店長、生一丁入ります」

女子店員はお腹が大きかった。お客がまだ少なかったせいか、店長は彼女を呼び止めて、話を始めた。

「ねね、ちょっと」

「生ビール入ります」

「それはわかってんだけど、君、妊娠してる?」

「いいえ」

店長は女子店員の腹を眺めながら言う。

「でも体形変わったよね」

「太っただけです」

「俺は店長だから、バイトの健康管理も仕事なのよ。妊婦こき使ったりしたらマズイっしょ」

「太ったのと便秘してるだけです」

そう言うと女子店員は、奥へと引っ込んだ。

そんな二人のやり取りをぼんやり見ながら、尚は一人で飲み続ける。

寂しい酒だった。

2時間が経ち、時刻は8時。店はだいぶ混んできた。寂しさが余計に強まる。

尚は諦めて席を立った。

店の戸を開ける時に、もしやと期待したが、いつかみたいにはいかなかった。


自宅に戻ってみると、真司から尚宛の宅配便が届いていた。

「……」

荷物の中身は、尚がアパートに残していた衣類や小物だった。胸騒ぎがした。すぐに真司のアパートへ向かう。

駅まで走った。

電車を降りると再び走った。

途中からは、何かから逃げるように走っていた。

息を弾ませてドアを開けた。

「……!」

部屋は真司の荷物も撤去されて、もぬけの殻だった。

初めて愛を交わしたベッドも、焦がしてしまったやかんも、おにぎりとインスタント味噌汁を食べた座卓も消えていた。部屋には床と壁と天井しかない。

二人の痕跡は何ひとつ残っていなかった。尚の希望の火が、静かに消えていく……。

あとには暗闇しかなかった。

夏の盛りを過ぎても、真司は昼間は引っ越しのバイトで働き、夜は倉庫部屋でひたすら小説を書く日々が続いていた。

今夜も真司は作業着のままPCに向かっている。

たまに木村がドアを開け、様子を見に来ることがあった。しかし声をかけるわけでもなく、差し入れを置いて、そっと出ていった。

* * * *

一心不乱に書き続ける真司だったが、時おり手を休めて思い浮かべるのは、尚の姿だった。彼女と過ごした夢みたいな瞬間が、すぐによみがえってくる。

放物線を描いて飛んでくる黒酢はちみつドリンク。

夜通し話し込み、二人で見た朝焼け。

手をベタベタにしながら、手づかみで食べたアップルパイ……。

真司は再びキーボードに向かう。

『彼女は俺に小説を書かせるために、神が遣わしてくれた女神だったに違いない』
倉庫部屋で小説を書き出して以来、尚の消息は何も知らなかった。

そして季節は変わり、暦は10月になっていた。
ある夜、真司はＰＣに向かって、『完』と打ち込んだ。

（下巻に続く）

Cast

北澤 尚 ………………… 戸田恵梨香

間宮真司 ………………… ムロツヨシ

木村明男 ………………… 富澤たけし
（サンドウィッチマン）

小川翔太 ………………… 杉野遥亮

沢田柚香 ………………… 黒川智花

井原千賀子 ……………… 夏樹陽子

北澤 薫 ………………… 草刈民代

井原侑市 ………………… 松岡昌宏

〈 TV STAFF 〉

脚本／ 大石 静

音楽／河野 伸

主題歌／ back number「オールドファッション」
（ユニバーサル シグマ）

プロデュース／宮﨑真佐子
佐藤敦司

演出／金子文紀
岡本伸吾
棚澤孝義

製作／ドリマックス・テレビジョン
ＴＢＳ

ポスターデザイン／飛田健吾

〈 BOOK STAFF 〉

脚本／大石 静

ノベライズ／髙橋和昭

ブックデザイン／竹下典子（扶桑社）

校正・校閲／小出美由規

DTP ／アズワン

企画協力／ TBS テレビライセンス事業部

大恋愛 ～僕を忘れる君と（上）

発行日　2018年11月10日　初版第1刷発行
2019年 2 月10日　　　第6刷発行

脚　本　大石 静
ノベライズ　髙橋和昭

発行者　久保田榮一
発行所　株式会社 扶桑社
〒105-8070
東京都港区芝浦1-1-1　浜松町ビルディング
電話　03-6368-8885(編集)
03-6368-8891(郵便室)
http://www.fusosha.co.jp/

企画協力　株式会社TBSテレビ
株式会社ドリマックス・テレビジョン

印刷・製本　中央精版印刷株式会社

Printed in Japan
ISBN978-4-594-08095-2